トラブルシューター
シェリフスターズMS
mission 01

黒い獣には高い知能があった。
サミィがようやくそれに気づいた時、
隠れていた二匹めが襲いかかった――

――こんなところで――死んでたまるかっ！

トラブルシューター

シェリフスターズMS

mission 01

神坂 一

角川文庫 11325

目次

口絵・本文イラスト　光吉賢司
メカデザイン　星野秀輝
口絵デザイン　小林博明＋(K Plus artworks)

一　其は自由の名を冠せし大地

騒《さわ》ぎはいきなりはじまった。

そして静けさは、すぐに戻《もど》ってきた。

「うっしゃあ！」

騒動《そうどう》を起こして沈《しず》めた主――彼女は嬉々《きき》として勝利のガッツポーズを取ると、あらためてカウンターのスツールに腰《こし》を下ろす。

「じゃ、そーいうことで。

ワイルド・ターキー、ワンフィンガーで」

マスターは小さくため息をつくと、グラスを手に取った。

彼女は見た目には十七、八。

おそらく二十歳《はたち》には届《とど》いていないだろう。

法律的には酒を飲んでいい年齢《とし》ではないが、ここは、良心からそれをとがめる者がいるような場所ではない。

ダウンタウンの小さな酒場。

集まって来るのは、スネに一つや二つはキズを持っているような、うさんくさい男ばかり。

そんな店に、あざやかなブロンドの髪《かみ》をなびかせて、若い女が入って来る——

はっきり言って、『どうかちょっかいをかけてください』と言っているようなものだった。

さっそく四人ほどの男が、そのリクエストにお応《こた》えして、彼女に、あまり品のよくないちょっかいをかけはじめたのだが——

あっさりその場でなぎ倒《たお》されて、くたりと床《ゆか》にノビている。

そして——琥珀色《こはくいろ》の液体を入れたグラスが、彼女の前にやって来た。

マスターから、ではなく、横手から。カウンターの上を滑《すべ》って。

「——おごりだ。飲んでくれ」

彼女が視線を送った先——二つほど離《はな》れたスツールに、細身で黒髪《くろかみ》の男が一人。

「気に入ったぜ。あんた。

酒場でからまれた女が、男どもをノしちまう——なんて、つくり話の中だけのできごとだと思ってたけどよ。

まさか実際に見られるとはな」

言われて少女は、にまりっ、と笑い、グラスを取ると
「得体《えたい》の知れない酒は飲まないわよ」

「──ジョニーだ」

「酒が？　それともあなたの名前が？」

「両方」

「なら──合格」

言って彼女は、くいっ、と一気にグラスを空《あ》ける。

「いい飲みっぷりだ。ますます気に入ったぜ。

──けど、ただ酒を飲みに来た、ってわけじゃねぇんだろ？」

「ケンカがしたくなったのよ」

「ははははは」

「──っていうのは冗談《じょうだん》で。

ちょっと、人を捜《さが》しに、ね」

彼女は、とんっ、とグラスをカウンターの上に置き、右手をふところの内に伸《の》ばして──

その上体が、くらりっ、と揺《ゆ》れた。

「どうした？　もう酔《よ》ったか？」

「……あれ……？」

姿勢を保《たも》とうとしてカウンターに手をつき、ふたたびよろける。

「それとも、オレの入れたクスリが効《き》いてきたかかな？」

「……な……!?」

彼女は目を上げ、男をにらむ。

男は口もとに笑《え》みを浮《う》かべて、

「──女が男どもをノして、そのまま勝ちっぱなし、ってのは、やっぱりつくり話の中だけみてぇだな──」

男の声を聞きながら、彼女は、かくんっ、とテーブルに伏《ふ》した──

誰《だれ》かが言った。街に本当の夜はない、と。

明りが夜を駆逐《くちく》して、星の光さえ希薄《きはく》にする。

──だが。

たとえ夜が追い立てられても、闇《やみ》が消え去ることはない。

街のまん中にある、大きな野球場。

すりばち状の観客席に遮《さえぎ》られ、街の光はマウンドまで届《とど》かない。

そのマウンドには今、二つのグループ──十人ほどの人影《ひとかげ》が集まっていた。

明りは夜空にかかる月のみ。

二つのグループの片方が、もう片方に何かを手渡《てわた》し、受け取った方が何やらごそごそやってから──

小さな明りが、闇に生まれた。

ハンディ・パソコンの画面の明り。

渡《わた》された何かのディスクをほうり込み、しばしデータを眺《なが》めて、小さくうなずく。

仲間の一人が無言のまま、相手にトランクをさし出し――

「――どっちだ?」

声が聞こえたのはその時だった。

全員の動きが一瞬《いっしゅん》、凍《こお》りつく。

同時に視線を声の方に向け――

そして、見た。

一体いつの間《ま》に現れたのか。月を背に、そばの観客席に一人佇《たたず》む長身の男。

長く伸《の》びた銀色の髪《かみ》が。月光を浴びてしらじらと輝《かがや》く。

冷たいまなざしで彼らを睥睨《へいげい》し、

「どっちがラガインの者だ?」

答えは、いくつものくぐもった銃声《じゅうせい》。

マウンドの男たちは、一斉《いっせい》に、消音器《サイレンサー》つきの銃を抜《ぬ》き放ち、迷うことなく引き金《トリガー》を絞《しぼ》っていた。

しかし、鉛《なまり》の弾丸《たま》が駆《か》け抜けた時、すでにそこに男の姿はない。

銀色の残像が、男たちの間を駆け抜けて――

肉と骨とのきしむ音が断続的に起こった。

声を上げることすら許されず、男たちのうちほとんどが吹《ふ》っ飛び、倒《たお》れ伏《ふ》し、そのままぴくりとも動かなくなる。

手足を――あるいは首を、異様な方向にねじ曲げたまま。

あとに残るはただ三人。

出現した時と変わらぬ様子《ようす》で、端然《たんぜん》と佇む銀髪《ぎんぱつ》の男。

そして、男たちの生き残りが二人。

その二人とて、膝《ひざ》を砕《くだ》かれ、利《き》き手の手首をへし折られている。

「どちらがラガインの者だ？」

銀髪の男がふたたび問いかける。

生き残った――いや、残された二人は、各グループから一人ずつ。

「……何もんだ……？　貴様《きさま》……？」

しゃがんだままの男の一人が漏《も》らした、苦鳴《くめい》混じりの問いかけに、男はそちらをふり向いた。

「そっちか。

――人を捜《さが》している」

「……それじゃあ……管轄《かんかつ》が違《ちが》うな……」

言いながら男は、後ろにまわした左手で、ベルトの後ろに隠《かく》した小型の銃を取り出した。

さきほどは不意を衝《つ》かれて後《おく》れを取ったが、この至近距離《きょり》なら、左手でとはいえ外さない。

「……組織も……手広くやってると……いろいろ担当が分かれてくる……人身売買《そういうの》は……おれたちの管轄《かんかつ》じゃない……」

「なら、それをやってる奴《やつ》の名と居所は？」

「……それは……」

言いよどんだその時。

「おあああっ！」

生き残っていた別の一人――銀髪《ぎんぱつ》の後ろにいた一人が、気合いの声とともに銃《じゅう》を抜《ぬ》き放ち、銀髪の背中に向けて、迷わず引き金を引いた！

しかし――鉛《なまり》の弾丸《たま》が貫《つらぬ》いたのは、銀色《しろがねいろ》の残像。

引き金を絞《しぼ》った男が気がついたかどうか。

いつの間にか後ろから、自分の首すじに、二本の腕《うで》が伸《の》ばされたことに。

――ごぎりっ。

鈍《にぶ》く生々《なまなま》しい音が、夜の昏《くら》さを一層濃《こ》くする。

一人残った銀髪の男は、視線を戻《もど》し――

「……………」

たった今止《と》めを刺《さ》した男が放った銃弾《じゅうだん》は、もう片方の、生き残っていた男の胸板《むないた》を撃《う》ち抜いていた。

「結局手がかりはなしか」

つぶやいて男は天を仰《あお》ぐ。

視線の先には、輝《かがや》く二つの満月が、皓々《こうこう》と夜空に照《て》り映《は》えていた——

明り取りの窓から漏《も》れ入る月の光が、闇《やみ》に四角い光を刻む。

そのかすかな光を駆逐《くちく》して——

明りが灯《とも》った。

倉庫のような場所だった。

コンクリートの床《ゆか》の上には、荷物らしきものは何もない。

しかし。

そこには何人かの人物がいた。

五人は男。そのうち一人は、酒場で『ジョニー』と名乗った男だった。

一人は女。薬を盛られ、後ろ手に、手首を荷造り用のテープで巻かれて、床に転がされたブロンドの少女。

「——ま、力押《ちからお》しだけが芸じゃねえ、ってことだ」

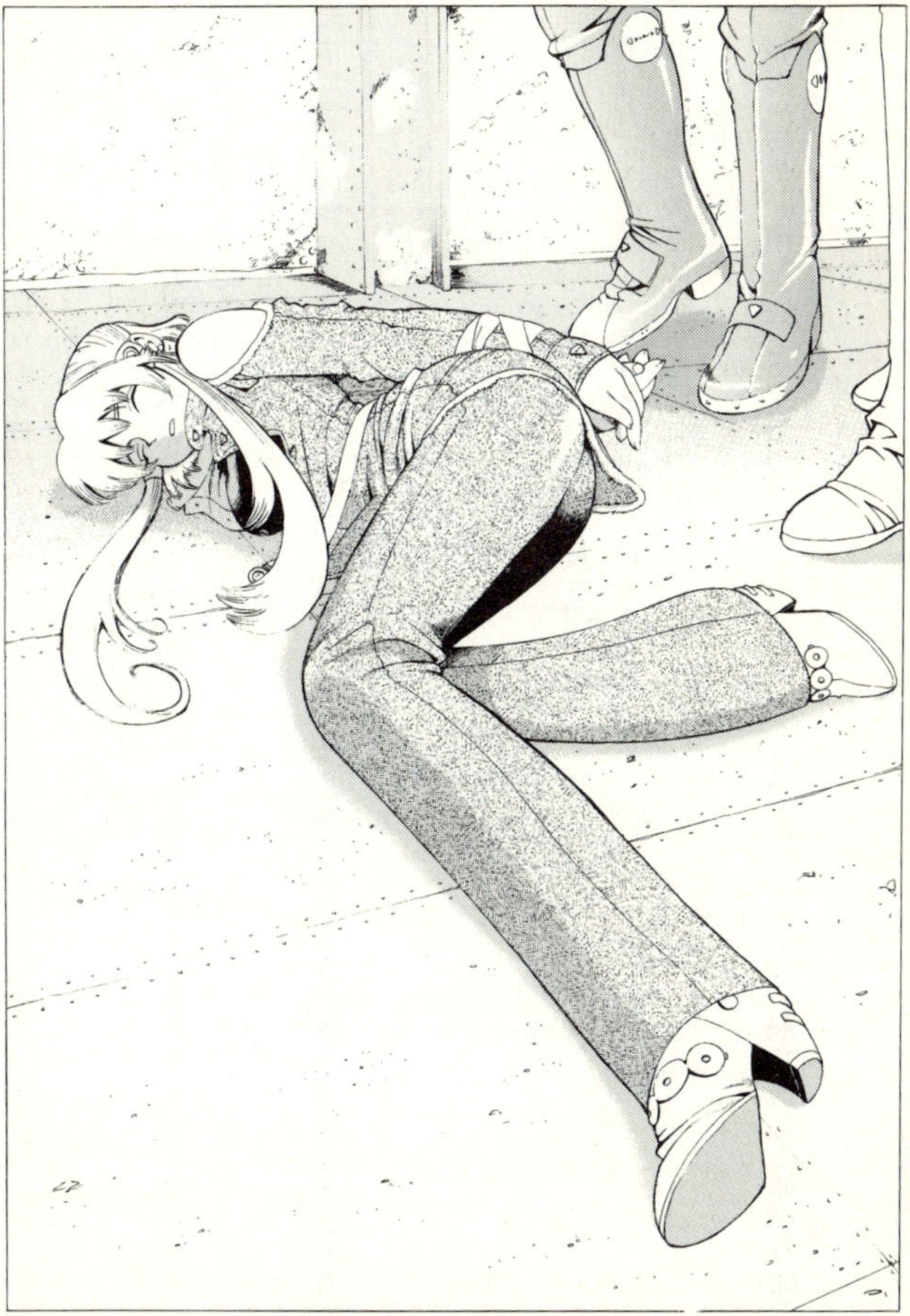

ぴくりとも動かぬ彼女のそばに佇《たたず》んで、ジョニーは後ろの男たちに向かって言った。

酒場であっさりノされた、あの男たちである。

「……ったく……このアマ……えれぇバカ力だぜ……」

「歯ァ折れちまったぜ……ちきしょう……なあ、おかえしだ。オレに最初にヤらせてくれよ」

口々に勝手《かつて》なことを言う男たち。

「……まあ……考えてもいいぜ」

言いながらジョニーはしゃがみ込み、武器を持っていないかどうか、彼女の体をまさぐりながら、

「女が目をさましたあとで、たっぷり思い知らせてやって……

あとはいつも通り……

と──なんだ？　こりゃ？」

言ってジョニーが手に取ったのは、長さ四十センチほどの黒い棒。

異様なまでの、ずっしりとした重みがある。

女が、腰《こし》の後ろに隠《かく》していたのだ。

「……特殊《とくしゅ》警棒……って奴《やつ》か？」

つぶやいて、棒を二、三度振《ふ》ってみるが、普通《ふつう》の特殊警棒のように、飛び出して伸《の》びる様子《ようす》はない。

「……でもない……か……？」

「きっとよ、そいつでいたぶってほしい、ってことだぜ」

男のことばに下品な笑いが起きて――

「そーいう用途《こと》に使ってほしくないわね」

響《ひび》いた声に、笑いが凍《こお》りつく。

女の――声。

となれば、その主は一人しかいない。

ジョニーがそちらをふり向くより早く。

ばっ！

全身のバネを使って彼女は飛び起き、両手を縛《いまし》めたテープを無造作《むぞうさ》に引きちぎる！

「……な……!?」

ふり向いたジョニーは身構えて――

その手から、いともあっさりと、黒い棒は奪《うば》い返されていた。

「……お……お前！　クスリが効いてないのか!?」

「効いてないのよこれがまた」

驚愕《きょうがく》の色を浮《う》かべて問うジョニーに、いとも無造作に答える彼女。

「――てめえ！　テープの巻き方手ぇ抜《ぬ》きやがったな!?」

「ちゃんとやったぞオレは！」

後ろの一人を目で指して、やつ当たり気味《ぎみ》に言うジョニーに、言われた男はあわてて反論する。

幾重《いくえ》にも手首に巻かれた荷造りテープを引きちぎる、というのは、実はそう簡単にできることではない。巻いた方がよほど手を抜《ぬ》くか、巻かれた方がウデのいい奇術師《きじゅつし》とかならば話は別かもしれないが。

しかし事実、少女は両手の縛《いまし》めを解《と》いて目の前にいる。

そしてもう一つの事実――酒場では、四人がかりで、目の前の少女にかなわなかったのだ。

ならば――

ばちばちんっ！

何かのはじけるような音とともに、ジョニーの右と左の手の中に、一本ずつのナイフが出現した。

おそらくは、ソデの中に仕込まれて、何かの動作で飛び出すようになっていたのだろう。

「……ま、悪役らしい、って言えば悪役らしい……類型的な反応《はんのう》ね」

面白《おもしろ》くもなさそうに少女はつぶやき、右手の黒い棒をにぎりなおし、

「教えてあげるわ。

こいつはこう使うのよ。

――シェイプシフト！」
言うと同時に棒をひと振《ふ》り。
彼女の声に反応してか、手の中の棒が長く伸《の》び――
それは、全長一メートルを越《こ》す、一ふりの、片刃《かたは》の長剣《ちょうけん》へと変化した。
ゆるやかな曲線《カーブ》を描《えが》く刀身が、ライトを浴びて銀《しろがね》に輝《かがや》く。
「…………………………」
ジョニーはしばし、引きつった顔で硬直《こうちょく》し、
「……へ……へっ！　面白《おもしれ》ぇ手品見せてくれるじゃねえか。
けどな！　刃物《はもの》ちらつかせりゃあ相手がビビると思ったら大間違《おおまちが》いだぜ！」
「……あんたが言う？
ちなみに声、ふるえてるわよ」
「リーチの長さで勝った、とか思ってやがるだろう!?
けどな、ふところに飛び込みゃあこっちのもんなんだぜ！」
「と、ゆーことは、ふところに飛び込ませなければこっちのものなわけね。
どうでもいいけど足、ふるえてるわよ」
「く……口の減らねえ女だな……！
けどそれで、オレにゆさぶりをかけてるつもりかよ……!?」

「……いや……いちいちゆさぶる必要もないような気が……

というか、とっととかかって来なさいって。いいから」

「こ……このぉっ！」

彼女の言葉に、ヤケクソ気味《ぎみ》に声を上げ、ジョニーは床《ゆか》を蹴《け》る！

まっすぐ突《つ》っ込むと見せかけて、間合いの直前で横に跳《と》び、左のナイフを投げ放つ！

相手がそれに気を取られたスキに、一気にふところへもぐり込み、右のナイフを閃《ひらめ》かせる！

――シロウトや、そのあたりのごろつき相手になら、十分有効な戦法だったろう。

しかし少女は、横へと跳んだジョニーの動きを冷静に目で追い、上体をわずかにそらしただけで、投げられたナイフから、ひょいっ、と無造作《むぞうさ》に身をかわし――


かこんっ！


手にした長剣《ちょうけん》の背で、ジョニーの額を直撃《ちょくげき》する。

「ぎ。」

変な声上げ、バランス崩《くず》し、その場に尻《しり》もちをつくジョニー。

このあたりでは、ナイフ使いとして、少しは名も知られているのだが、全く相手にすらなっていない。

「はい。気が済んだ？」

剣の背で、自分の肩《かた》をとんとん叩《たた》きながら、少女はジョニーを見下ろし、言った。

余裕《よゆう》――というよりむしろ、できの悪い子供を叱《しか》る、気の短い大人の口調《くちよう》で。

「……な……何者だ……てめえ……？」

へたり込んだままジョニーは言う。

他の四人は、もとよりかないっこないとあきらめてか、遠まきに眺《なが》めているだけである。

「『ジョニー』なんて、いかにもな偽名《ぎめい》使ってるよーな男に、名乗る名前なんてないのよ」

「悪かったな！　いかにもな偽名くさくて！……親父《おやじ》が、あの酒が好きだったんだよ……」

「あ。本名なの。

ま、どーでもいーけど。

とにかくそれじゃあ、本題に入るわよ」

言って少女は左手で、スーツの内ポケットから、一枚の写真を取り出し、示す。

「この娘《こ》に見覚えはあるわね」

写真の中で、ぎごちない笑《え》みを浮《う》かべているのは、歳《とし》の頃《ころ》なら十七、八の、栗色《くりいろ》の髪《かみ》をした少女だった。

「……見たような気はするな……」


かこんっ！

「づっ！」

剣の背で側頭部《そくとうぶ》を一撃《いちげき》され、ジョニーはふたたび声を上げる。

どうやらこの答えは、気に入ってもらえなかったようである。

「いーかげんにしなさいよ！　ネタはあがってるんだから！」

眉《まゆ》をつり上げ、彼女は言う。

「つまんないとぼけ方すると、今度は刃《は》を返して殴《なぐ》るわよっ！

あんたたちラガインの連中が、この娘《こ》を連れ去ったことくらい、こっちはとっくに調べ上げてるのよっ！」

『……は!?』

少女の恫喝《どうかつ》に、しかし上がったのは、間《ま》の抜《ぬ》けた声。

しかも――いくつも同時に。

「……あの……」

「何よ？」

横手から声をかけてきた別の男に、少女は不機嫌《ふきげん》な視線をちらりと向ける。

「オレたち……ラガイン・コネクションじゃなくて、テルミナ・シンジケートのもんなんだけど……」

「………………………」

『…………………………』

長い——

長い沈黙《ちんもく》。

「なんで最初からそう言わないのよまぎらわしいッ！」

「うあああああっ！　暴れだしたぁぁぁっ！」

かくて——いくつかの悪は滅《ほろ》びた。

しかし事態は、少しも進展していなかった。

「たっだいまー」

疲《つか》れた声で言いながら、ホテルの自室のドアを開ける。

部屋《へや》の中には明りが灯《とも》り、すでにそこには先客がいた。

銀髪《ぎんぱつ》を長く伸《の》ばした、長身の青年。

ホテルのルームライトの中で、その左右の瞳《ひとみ》の色が違《ちが》うのが見て取れる。

「——あ。帰ってたんだ。イーザー」

少女は言って、小首をかしげる。

長い金髪がさらりと揺《ゆ》れた。

――さきほど街はずれで、組織のちんぴら五人をタコ殴《なぐ》りにした時とは、まるで別人の態度である。

「こちらの収穫《しゅうかく》はない」

ハンディ・パソコンを何やらいろいろ操作しながら、青年――イーザーは静かな口調《くちょう》で言った。

「こっちもナシ、よ」

言って彼女は、ベッドに腰《こし》を下ろす。

「……最初はただの人捜《ひとさが》しかと思ったら……なるほど。会社《うち》がこのしごと、引き受けた理由《わけ》がわかったわ」

イーザーは、キーボードを操作する手を止め、少女の方をふり向いて、

「無茶《むちゃ》はしていないな？　サミィ」

「し、してないしてない！」

彼女――サミィはあわててぱたぱた手を振《ふ》って、

「……なんでそう思うの？」

「服が汚《よご》れている」

「……あ……」

指摘《してき》されてはじめて彼女は気がついた。

おそらく、倉庫の床《ゆか》に転がされた時に、なのだろう。

服がわずかに汚れている。

「……ラガインとはぜんぜん関係ないちんぴらにからまれて、その時ちょっと、ね。

あ。もちろん相手は、死なない程度に手かげんして殴《なぐ》っといたから、心配はいらないし」

自分が人ちがいをしておとり捜査《そうさ》をやったことは、あくまで秘密にして、彼女は言った。

「…………」

イーザーは、何やら言いたげなまなざしで、しばし彼女を見やっていたが、結局無言のままで視線を戻《もど》し、ハンディ・パソコンの電源を落とす。

「……彼女……見つかると思う？」

「見つける」

サミィの漏《も》らした、不安の色をふくむつぶやきに、イーザーは冷静に即答《そくとう》した。

「……じゃなくて……

無事に見つかると思う？」

「わからん」

イーザーの答えは、やはりさきほどと変わらぬ即答。

……ふぅ……

サミィは小さく息を吐《つ》き、

「……ま、とにかく、今夜はこれでおひらき、ってことね。それじゃあ……」

と、ベッドから立ち上がり、

「あたしの部屋《へや》とルームキーは？」

部屋の手配をしたイーザーに問う。

「ここだ」

「ふぅん」

彼女はふたたびベッドに腰《こし》を下ろし、

「じゃ、イーザーの部屋は？」

「ここだ」

「ふぅん」

なにげなくあいづちを打ってから。

………………!?

サミィはそのまま硬直《こうちょく》した。

——同じ——部屋——

確かにベッドが二つある。

「……って……

あ……あの……」

顔が熱くなるのが自分でもわかる。

「お……同じ部屋……って……なんで……」

返ってきた答えは、しかし冷静で明快なものだった。

「相手は犯罪組織だ。いつ逆襲《ぎゃくしゅう》があっても不思議《ふしぎ》はない。なら戦力を分散させるのは得策ではない」

イーザーの変わらぬ表情。冷静な声。

「……………ふぅん……」

……戦力……かぁ……

小さなため息とともに、サミィの体から力が抜《ぬ》けた。


「あほかぁぁぁぁぁぁぁっ！」

出会いとともに。

問答無用でサミィが絶叫《ぜっきょう》したのは、互《たが》いの自己紹介《しょうかい》を終えた直後のことだった。

時間をすこし遡《さかのぼ》り、その日の昼のことである。

いあわせた他《ほか》の客たちは、思わず一瞬硬直《いっしゅんこうちょく》し、テーブルの向かいについた依頼人《いらいにん》は、半ば反射的に身を引いた。

──唯一《ゆいいつ》態度が変わらぬのは、サミィの隣《となり》に腰《こし》かけて、無表情でメニューを眺《なが》める男、イーザーのみだった。

「……え……？」

テーブルの向こうの相手──四十がらみの、ブラウンの髪《かみ》の男性は、腰《こし》の抜《ぬ》けたような姿勢のままで、腑《ふ》の抜けた声を漏《も》らす。

彼こそが今回の依頼主《いらいぬし》──名は、マーティン＝ステアーといった。

サミィはその場に立ち上がり、半ばテーブルに身を乗り出しつつ、うろたえるマーティンを、びしっ！　と指さし、

「なぁぁぁぁんってあたしたちが家出娘《むすめ》なんて捜さなくちゃなんないのよっ!?　家を出たのは家庭の問題！　行方《ゆくえ》不明になったなら、警察か、私立探偵《たんていや》雇《と》えばいーじゃないのっ！

そぉぉぉれぇぇぇをぉぉぉぉぉっ！

わざわざ宇宙船《ふね》に揺《ゆ》られ揺られてやって来て、『家出娘の捜索《そうさく》』!?

じょーだんじゃないわよっ！」

「引き受けたのはうちの会社だ」

横からぼそりと言ったのは、やはりメニューをにらみつけたままのイーザー。

「彼だけを責めるのは適当ではない」

「もちろんあとで文句《もんく》言うわよっ！　上にもっ！

　連中なんて、どうせあたしたちのこと……！」

　言いかけて、サミィは悔《くや》しそうに一瞬《いっしゅん》口をつぐむ。

「……とにかくっ！

『会社命令ですか。ハイそーですか』って、なんでもかんでもおとなしく鵜呑《うの》みにするのはヤなのよあたしはっ！

　あとで絶対社長にも、泣くまで文句言い倒《たお》すっ！」

「肉と糖分《とうぶん》」

　イーザーは言う。

「……………………………………

「……は？」

　油の切れた機械のような動きで、サミィとマーティンは視線を向ける。

「肉と糖分」

　真摯《しんし》な面持《おもも》ちでくり返し、イーザーは、ぱたりっ、とメニューを置いた。

　彼の視線が向く先には、いつの間《ま》にか、おそるおそる近づいて来ていたウェイトレスが一人。

「……あ……あのねぇイーザー……」

　サミィは疲《つか》れた顔で、

「……ひとが真剣《しんけん》な話を……

……いや……まあ……いいけどこの際《さい》……

けど注文するにしても、いくらなんでもその言い方はミもフタもなさすぎよ。

……ええっと……」

横からメニューを取り、しばらく眺《なが》めてから、

「ハンバーグステーキとプリン・パフェ──で、いいわね？」

「任せる」

「じゃ、あたしはミルクセーキ。

……で、そっちは？」

と、話をマーティンの方に振《ふ》り──

「いらぁぁぁんっ！」

今度は、マーティンが絶叫《ぜっきょう》して席から立ち上がる。

「──こっちこそ冗談《じょうだん》じゃぁない！」

気の弱そうなその顔に、しかし今は、怒《いか》りの色をにじませて、

「言ったさ！　言ったとも！　警察にも！　探偵《たんてい》にも！」

「うあ……」

身を乗り出して言う彼に、今度は逆に身を引くサミィ。

「警察は、全然本気で捜査《そうさ》してくれない！　探偵は、たとえ一旦《いったん》引き受けても、何日かしたら断ってくる！」

「なぜ⁉　事件が組織がらみだからだ！　誰《だれ》も本気で捜査してくれるわけがない！」

「……あ……あの……」

「……う……」

彼はサミィに、顔を押《お》しつけんばかりのいきおいで、

「だからあんたたちに頼《たの》んだんだ！　他に頼《たよ》れるところがないから！

なのに何だ⁉　家出ごとき⁉　注文は何にする⁉

冗談じゃない！……冗談じゃ……！」

マーティンはしばし、サミィをにらみつけていたが、やがて、へたりっ、と、糸が切れたように座《すわ》り込み、両の手でその顔を覆《おお》う。

「……頼みます……あなたたちだけが頼りなんだ……

お願いします……お願い……します……」

「……ご……ごめんなさひ……」

とりあえず。

サミィは素直《すなお》にあやまると、そばで完全に引いているウェイトレスに目をやって、

「……こっちのひとは……水だけで……」

人類が光の速度を超《こ》えてから、およそ百年の歳月《さいげつ》が流れていた。

人々は宇宙に散らばり、わずかに手を加えるだけで居住可能な惑星《わくせい》をいくつも発見し、そこを次なる故郷としていた。

まさに宇宙進出の過渡期《かとき》――

しかしそれは同時に、急激な状況《じょうきょう》の変化、そして混乱をも生み出した。

惑星改造のトラブル、法の不備、領土の混乱……

たとえばここ、惑星フリード。

その名の由来となった『自由《フリーダム》』は、しかし、市民のためではなく、もっぱらそこに住まう犯罪者たちのためのものとなった。

月のティコ連邦《れんぽう》を元とする入植でできあがったこの惑星《ほし》は、いまだ独立してはおらず、あくまでも植民惑星その一である。

ローテーションで定期的に派遣《はけん》されて来る総督《そうとく》は、しょせんはよその星の者。住民の安定した暮らしより、いかに問題なく任期を全《まっと》うするか――この任期の間に、どれだけ自分が甘《あま》い汁《しる》が吸《す》えるか、という方に心を砕《くだ》く。

そんな連中が、犯罪組織と裏で手を組むのに、何の障害があるだろうか？

むろんこの惑星《ほし》にも法律はある。警察もあれば軍もある。

しかしそれもしょせんは、ティコ連邦のものであり、このフリードのための法や警察ではないのだ。

そして――犯罪組織と政府がなれ合う惑星《ほし》ができあがった。

警察が取り締《し》まるのは、あくまで組織に属さない者のしでかした犯罪。

たまに組織関係に捜査《そうさ》の手が入ることもあるが、それとて捕《つか》まるのは、組織の中のつまはじき者ばかり。

トカゲのシッポ切りですらない。警察を利用した人員整理である。

そんなこの惑星《ほし》で――

娘《むすめ》がいなくなりました。組織がらみの事件らしいです、などと申し出て、まともな捜査がしてもらえるわけはない。

たとえ探偵《たんてい》に依頼《いらい》しても、組織がらみとわかった時点で、そうそうに手を引いてくる。

そこでマーティンが目をつけたのは、事件処理業者《トラブルシューター》たちだった。

さまざまな惑星《ほし》を渡《わた》りゆき、いろいろなトラブルを解決してゆく者たち――

この星に住まぬ者ならば、あるいは、なんとかしてくれるのではないだろうか――

そう思ったのである。

しかし――

ラガインといえば、この星最大の犯罪組織。――いや、この地のみならず、他《ほか》の惑星にも、いくつもの支部を持つ大組織である。

場合によっては、そんな組織と真っ向勝負をすることになる。

引き受けてくれるトラブルシューターはなかなか見つからなかった。

半ばあきらめかけていた時。

マーティンは、コンピューターネットの中で、とあるトラブルシュートの会社を見つけた。

わりと最近設立された、その会社の名は――

トラブルシューター・シェリフスター。


「――まだそんな馬鹿《ばか》がいたか――」

窓の外にひろがる、青い空を眺《なが》め。

シェルジェスタ＝ラガインは、あきれたような苦笑を浮《う》かべた。

笑いごとではない、と言いたいところだが、報告を持ってきた秘書の男には、この惑星《ほし》一の犯罪組織の首領に向かって、苦言を述べるほどの度胸はなかった。

惑星フリード、首都、セントヨーク。

中心街から外れた――市街と郊外《こうがい》のちょうど境目のあたりに、中央庁舎のビルより高い建物が一つ、天を衝《つ》いてそびえている。

適当な会社名を冠《かん》してはいるが、このビルこそが、この惑星最大の犯罪組織――ラガイン・

コネクションの本部だということは、知らない者などないだろう。

ラガインのデスクの上には、たった今持って来られた報告書が、無造作《むぞうさ》にほうり出されている。

この街から一〇〇キロほど離《はな》れた場所にある港町、トライベイ・シティ。

二日前、そこで、この星にあるもう一つの組織――テルミナ・シンジケートとの間で行うはずだった取引が、何者かによって潰《つぶ》され、同時期、同じ街で、組織の人身売買に関してしつこく聞き回る者がいたという。

――そこまでざっと目を通し、ラガインは、その報告書をほうり出した。

「この惑星《ほし》で儂《わし》らに楯突《たてつ》くとは、な」

白髪《しらが》の混じった黒髪《くろかみ》の、恰幅《かっぷく》のいい男である。

身なりもきちんとしているし、その顔は、むしろ柔和《にゅうわ》と言ってさえいいだろう。

だからこそ――知らない者は、この男の本性を見抜《みぬ》けない。

「トラブルシューターのようです。『シェリフスター・カンパニー』という、クロフト社傘下《さんか》で最近設立された会社の者のようです」

報告書の、もう少し先に記してあることを、秘書は口頭で報告した。

ラガイン・コネクションの捜査《そうさ》能力は、活動をはじめてわずか二日足らずで、サミィたちの素性《すじょう》を探《さぐ》り当てていた。

クロフト社――

太陽系を主な活動拠点《きよてん》とし、トイレットペーパーから宇宙戦艦《せんかん》までを扱《あつか》う複合巨大《きよだい》企業である。

そして、そのことをいちいち解説する必要がないほどのネーム・バリューも持ち合わせていた。

「男と女が一人ずつ。

男はイーザー＝マリオン。女はサミィ＝マリオン。

経歴は現段階では不明です。

そもそもこれが本名かどうかも疑わしいものです」

「……ふむ……」

適当なあいづちをうって、ラガインは、ほうり出したファイルの方にちらりと目をやる。

一体どこで手に入れたのか、そこには、サミィとイーザー、二人の名刺《めいし》のコピーまでもがあった。

片方は、無表情な男の写真。もう片方は、妙《みよう》に不機嫌《ふきげん》な顔つきの女の写真。

肩書《かたが》きはともに『シェリフスター・カンパニー　キャンペーン二課』となっていた。

秘書はさらに言葉を続ける。

「フザけた会社で、会社設立記念キャンペーン、ということで、無料のトラブルシュートなどを引き受けています。

……たぶん今回は、ただの家出人捜しとタカをくくって、ロクに調べもせずに依頼《いらい》けたのでしょう。

連中の捜している相手はコリィ＝ステアー。

現在、上の方で例の実験に回されています。

依頼人はおそらくその父親かと……」

「クロフト社……たしか地球圏《けん》の企業だったな……」

「はい」

「中央でぬくぬく育った連中は、開拓地《かいたくち》の掟《おきて》というものを知らんようだな。なら、教えてさしあげた方がよかろう」

「はい」

物騒《ぶっそう》なラガインの言葉に、秘書は顔色一つ変えずにあいづちを打つ。

こんな程度でいちいち顔色を変えていては、ラガインの秘書などやっていられない。

知らない人間の命など、彼らにとっては紙切れに等しい。

——が。

「ロートレックを向かわせろ」

「……っ!?」

さらりと言ったラガインの言葉に、秘書の顔色が変わった。

「騒《さわ》ぎが大きくなりすぎます！」

「……ん？」

温厚な表情で問い返され、秘書の顔《かお》がこわばった。

「……い……いえ……私はただ……

あの男が出ると、揉《も》み消しや何やに費用がかかり過ぎるのではないか、と……」

言われてラガインが爆笑《ばくしょう》する。

「たしかに、な。

奴《やっ》はお世辞《せじ》にも、スマートと言える男ではないからな。

――しかし、な。

儂《わし》らに面白《おもしろ》くないちょっかいをかけた者がどうなるか。

それを知らしめるには最適な男だとは思わんか？　奴は？」

「……そういう意味でなら……確かに……」

「ロートレックを向かわせろ」

ふたたびラガインは言った。

「依頼人《いらいにん》は最後だ。まずはじめになんでも屋どもを片づけろ。

少々派手《はで》にやってても構わん、と伝えておいてやれ――」

「ハイ」

サミィがその軽食店を訪《おとず》れたのは、ある日の昼のことだった。

トライベイ・シティの、ビジネス街のやや外れにある店である。

おそらくあと三十分もして、昼休み《ランチ・タイム》がはじまれば、この店もごった返すのかもしれないが、今はまだ、客の姿もそれほどない。

「ハイ」

入ってきたサミィの近くにいたウェイトレス――ガムか何かを嚙《か》んでいる、いかにもやる気のなさそうな一人が、それでも一応はあいさつを返してくる。

気にせずサミィはそばのテーブルにつき、メニューをざっと一瞥《いちべつ》し、

「スクランブル・ランチ」

ウェイトレスは返事もせずに奥《おく》に行き――

待つこと数分。

安っぽいトレイ。ぞんざいに切ったハムと、熱を通しすぎてダマになったスクランブル・エッグ。野菜をちぎっただけのサラダとオイル色に濁《にご》ったコーヒー。

ふたたびやって来たウェイトレスは、それを無言で、サミィのテーブルに投げ出した。

「――あ。待って」

そのまま去ろうとしたウェイトレスの背中にサミィの声がかかる。

「追加注文、いい？」

「――？」

ふり返り、ウェイトレスは目を丸くした。

――こんなマッズい店で追加するなんて、あんた、どうかしてんじゃないの？

その表情が、露骨《ろこつ》にそう言っている。

彼女がこの店のバイトでなければ――あるいは後ろの調理場に店長がいなければ、迷わず口に出していたかもしれない。

しかし商売はあくまで商売。

「……いいけど……」

答えたウェイトレスに、サミィはにっこりほほえんで、

「じゃあ……

コリィ＝ステアーの居場所の情報を。

あなたが最後に会ってたんでしょ？　キャロルさん？」

――同時だった。

言われたウェイトレスの顔色がまともに変わったのと。

サミィの後ろのテーブルにいた男が、ゆっくり立ち上がるのとは。

殺気が閃《ひらめ》く。

サミィはとっさに倒《たお》れ込むように横に跳《と》び、着地と同時にきびすを返す。

背後《はいご》で悲鳴《ひめい》。そして――

「キャロル！」

誰《だれ》かの声に、一瞬《いっしゅん》サミィは、肩越《かたご》しにふり向く。

そこに――

ウェイトレスが倒れていた。

コリィ＝ステアーが消えた夜、最後に彼女といっしょにいた女が。

額のまん中に、根元近くまで、一本のナイフを潜《もぐ》り込ませて。

「おぉっと。

手が滑《すべ》っちまったな」

ふたたび視線を戻《もど》し、サミィは男をにらみつけた。

長いコート。整えられた髪。

ネクタイは締《し》めておらず、ワイシャツと、ダークブラウンのスーツは妙《みょう》にヨレている。

歳《とし》の頃《ころ》は――ひょっとしたら二十代なのかもしれないが、伸《の》ばした無精《ぶしょう》ヒゲのせいで、もう少し上にも見える。

細身で、まあハンサムではあるのだが――どこの職場にも一人くらいはいそうな、その程度のハンサムさ。
一見くたびれたサラリーマン。
纏《まと》う空気も、まあそんなもの。
しかし瞳《ひとみ》の奥《おく》には——狂気《きょうき》。
「サミィ……マリオンちゃん……だったね？　嬢《じょう》ちゃん？
外《はず》れちゃったじゃないか。きみが急に動くから」
唄《うた》うような口調《くちょう》で男は言う。
「……あんた……」
「おおっと」
言葉を遮《さえぎ》り、男は言う。
「こんなシケた店に、おれたちのアツい語らいはもったいない。
そうだろう？
外で話そうぜ」
言うなりコートをひるがえし、男は店の外へと飛び出した！
一歩遅《おく》れて追うサミィ。
外は昼のビジネス街。
あたりには、行き交《か》う人々も多くいる。

サミィは視線をめぐらせて——

すこし離《はな》れた路地の奥《おく》に、コートの裾《すそ》が消えてゆくのが目に入る。

ダッシュでそちらに向かう彼女。

追っているのは彼女のみ。

ごたごたに巻き込まれるのを嫌《きら》ってか、店の者たちも、客たちも——あとを追う者もいなければ、サミィを止める者もいない。

彼女は路地にたどり着き——

そこにはひと気のない裏路地が伸《の》び、さらにそこからいくつもの路地が伸びている。

そんな一つに、ふたたびコートの裾が消えた。

妙《みょう》に足が速い。

かまわずサミィは追いかける。

曲がった路地を、さらに奥へ。

路地を一本入っただけで、表通りの喧噪《けんそう》が、嘘《うそ》のように聞こえなくなってゆく。

左右に立ち並ぶ、薄汚《うすよご》れたレンガの建物。

通りに放置された、得体《えたい》の知れないゴミの山。

そして——聞こえる。

口笛《くちぶえ》が。足音が。

まともな者なら、決して自分から望んで踏《ふ》み込んだりはしないような裏路地の方から。

サミィは、いくつめかの路地の入り口で足を止めた。

路地は行き止まりだった。

両側《りょうがわ》にそびえるレンガの壁《かべ》。

奥《おく》は高い金網《かなあみ》になっている。

金網の向こうから漏《も》れ来る光が、その手前にいる男のシルエットを静かに浮かび上がらせていた。

男は——口笛《くちぶえ》を吹《ふ》きながら、陽気にタップを踏《ふ》んでいる。

「——よう——

ちゃんとついて来てくれて嬉《うれ》しいぜ」

まるで旧友にでも逢《あ》ったような笑《え》みを浮かべて、男は言った。

「最初から彼女を——

キャロルを狙《ねら》ったわね。あたしじゃなくて」

サミィの問いに、変わらぬ笑みで、

「どうしてそう思うんだい？　嬢《じょう》ちゃん？」

「あたしは座《すわ》っていた。ナイフは、立っていた彼女の額につき刺《さ》さっていた」

「手がすべったのさ」

「手がすべったナイフが、ひとの額に、根もと近くまで刺さったりしないわ」

サミィの問いに、男は苦笑し、肩《かた》をすくめた。

「……まあ……初対面から、そうかりかりするな、って。

普通《ふつう》こういう時は……天候のあいさつとか、趣味《しゅみ》の話題から入るもんだろ。

いや、まずは自己紹介《しょうかい》かな。

おれはロートレック。

名字《ファミリーネーム》は……忘《わす》れちまった。

だから——

誰でもない《ノーバディ》ロートレックさ」

サミィは無言のままで佇《たたず》む。

「次は天気と趣味《しゅみ》の話題だな。

幸い今日はなかなかいい天気だ。まるでおれときみが出会ったのを、祝福《しゅくふく》してるみたいだと思わないか？

……その顔は——あんまり思ってないみたいだな。

それじゃあ話題を変えて趣味だ！

趣味っていえば、きみは、スプラッタ・ムービーとかは好きかい？」

「…………」

男の趣味がなんとなくわかったような気がして、サミィはげっそりした声で、

「……悪趣味なのは嫌《きら》いよ……」

「よかった。実はおれも、ああいう悪趣味《あくしゅみ》なのは大嫌《だいきら》いなんだ」

予想《よそう》と違《ちが》い、ロートレックはおおげさに胸をなで下ろして言った。

「あんなグロテスクなつくりものを、喜んで観《み》る奴《やつ》の気が知れないよ。本物の綺麗《きれい》さに比べたら、あんなものクズ以下だ」

……どうやら彼の趣味は、予想以上だったようである。

「嬢《じょう》ちゃん……きみの写真を見た時……なんというか……こう、ピンと来たんだ。この女は、今までの連中と違《ちが》う、ってね」

愛娘《まなむすめ》を見るようなまなざしをサミィに向けて、彼は言う。

「たぶんこの娘《こ》は……今までの誰《だれ》よりも綺麗だ、ってね……」

……今までのは……悪いが正直《しょうじき》言って、あまりよくなかった。

すぐにおびえて、わめいて、引きつって硬《かた》くなって……いくら細かい、かくしても硬いままだった
……といっても、それでも、映画の中のつくりものなんかより、ずっと綺麗だったけどね」

「……さっき……ランチ食べてなくて正解だったわ……」

吐《は》き捨てるようにサミィが言う。

「食べてたら、もどしてたかもしれないわね」

「ああ。あそこのスクランブル・ランチは油が古かっただからねぇ」
真面目《まじめ》な口調《くちよう》でロートレックはあいづちをうつ。
「それに、直前に食事をしてると、中身を引きずり出した時に——」
言いかけて——
突如《とつじょ》ロートレックは、言葉を切って身構える。
いつの間《ま》にかその右手には、一ふりのナイフ。
うって変わった真剣《しんけん》そのものの表情で、目の前の相手——サミィをにらみつけている。
「座敷犬《ざしきいぬ》と狼《おおかみ》の違《ちが》いがわからないなら、野良犬《のらいぬ》は吠《ほ》えない方がいいわよ」
サミィは素手《すで》である。
だが——ロートレックの頭のどこかで、激しい警鐘《けいしょう》が鳴り響《ひび》いていた。
「……あなたには、見分けくらいはつくらしいけど……
それでも吠えついたのは間違《まちが》いね」
ゆっくりと顔を上げる。
表情の消えた瞳《ひとみ》で、ロートレックを正面から見すえて、言った。
「世の中には、いろんな人間がいるわ。
——どうやらあなたは——
野放しにしちゃあいけないタイプの人間みたいね——」

足を止めて、ふり返る。

銀色の髪《かみ》が風に流れた。

ふり向いた視線の先には、彼を尾《つ》けて来た男たち。

ざっと十人ほどだろう。

年齢《ねんれい》も服装もばらばらだが、全員が、どこかしら似たにおいをその身に纏《まと》っていた。

その全員に、イーザーは静かな眼差《まなざ》しを送った。

街の裏路地。

彼らの他《ほか》に人の姿はない。

「……なるほど……」

尾けていたつもりだったが……誘《さそ》い出されたというわけか？」

言ったのは、男たちの中の一人——汚《よご》れたグリーンの作業服にその身を包んだ男だった。

「ということは……わかるな？

おれたちが何者で、何を言いたいのか？」

ゆっくりと。男たちは、イーザーを囲む輪を縮《ちぢ》めている。

「いろいろとうちにちょっかい出してるようだが……やめてくれないかな？　そういうのは。

はっきり言って迷惑《めいわく》なんだ」

おどけた口調《くちよう》の男に――

「理解した」

男たちが拍子抜《ひようしぬ》けするほどあっさりと。

イーザーはそう言っていた。

「……あ……？」

思わず男が、間《ま》の抜《ぬ》けた声を漏《も》らす。

「理解した、と言った。

そちらの立場と価値観《かちかん》は」

「……ほう……そりゃあものわかりのいいこった……」

むろん男たちとしては、ここで素直《すなお》に『わかった』と答えられたとしても、イーザーを放免《ほうめん》するつもりなどさらさらなかった。

だが。男たちがそう宣言するより先に。

「コリィ＝ステアーを返してもらいたい。

それでこちらは、そちらに手を出すのをやめる」

平然と、イーザーはそう口にした。

「……は……？」

男が眉《まゆ》をひそめる。

「……何……言ってやがんだ……？　お前は……？」

「双方《そうほう》が双方の立場と価値観を理解し、歩み寄る。

それが取引というものなのだろう？」

「てめぇ……ナメてるのか……!?」

男の顔色が変わる。怒《いか》りの色へと。

「いや。単に条件の提示をしただけだが」

「ふざけるな！　言われて『ハイそーですか』って言うと思ってんのか!?」

「ふむ……」

イーザは、しばし考えて、

「確かに……相手の価値観《かちかん》・要望を理解し、歩み寄ることができる人間ならば、そもそも犯罪組織になど身を置いてはいない可能性が高いな……」

真剣《しんけん》そのものの口調《くちょう》でつぶやく。

むろん相手にしてみれば、馬鹿《ばか》にされているようにしか思えない。

今度は男は何も応《こた》えず、無言で懐《ふところ》から銃《じゅう》を抜《ぬ》き放ち——

安全装置《セーフティ》を解除する間《ま》すらなく。

どんっ！

男の体が吹《ふ》っ飛び、壁《かべ》に叩《たた》きつけられた！

……かはっ……！

黒血を吐《は》いてずり落ちて、小さく体を痙攣《けいれん》させる。

——たった今まで男の立っていたその場所には、かわりに、イーザーが静かに佇《たたず》んでいた。

男が銃を抜いたと見ると同時に突進《とっしん》し、そのみぞおちに掌底《しょうてい》の一撃《いちげき》を放ったのだ。

驚愕《きょうがく》の声さえ漏《も》らせぬまま、男たちは硬直《こうちょく》した。

見えなかったのだ。イーザーの動きが。

目に映ったのは、ただ、銀色の残像——

「——私のところにきみたちが来たということは——」

イーザーが言う。変わらぬ口調と表情で。

「他《ほか》のところにも来ている、ということだな。なら、手加減《てかげん》している時間はないな」

その言葉が含《ふく》んだ意味に、残った男たちは凍《こお》りついた。


——だっ！

地を蹴《け》り、サミィが走りだす。

同時に、ロートレックがナイフを構える。

サミィは一気に間合いを詰《つ》めながら、腰《こし》の後ろに手を回し、黒いスティックを抜き放つ。

「――シェイプシフト！」

それは瞬時《しゅんじ》に変形し、一ふりの銀の刃《やいば》と化した！

分子振動《しんどう》ブレード。

変形が終わると同時に刃をくり出すサミィ。


ぎんっ！


ロートレックの手にしたナイフは、かろうじて、その一撃《いちげき》を受け止めていた。

受けられたと見るや刃をひるがえし、二度目の斬撃《ざんげき》をくり出す。

ロートレックの腿《もも》に、浅い切れ目が生まれた。

――速い。

常人の目にも止まらぬ、斬撃の連打。

ロートレックは驚愕《きょうがく》していた。

ここまでの使い手がいるとは――

しかし。

驚《おどろ》いているのは、サミィにしても同じことだった。

自分の連撃《れんげき》を、ここまで受け、さばいた者は、実戦ではいなかった。

銀の刃と刃とが、閃《ひらめ》き、翻《ひるがえ》り、踊《おど》るようにぶつかり合って火花を散らす。

防戦一方、じりじりと圧《お》されているのはロートレックの方だった。

ナイフ一本では、もはや防御《ぼうぎょ》し続けるのは不可能。

彼は瞬間《しゅんかん》、左手を腰《こし》に伸《の》ばし、もう一本のナイフを抜《ぬ》き放つ！

その動作に、スキが生まれた。

ほんの髪《かみ》の毛一すじほどの——つけ入るどころか、それをスキだと見切ることすらむずかしいほどのわずかなスキ——

しかしサミィはそれを逃《のが》さなかった。

ざぎんっ！

重く、硬《かた》い音とともに。

ロートレックの左腕《ひだりうで》が消えていた。

大きく後ろに跳《と》ぶロートレック。

ようやっと。

サミィは剣《けん》の動きを止めた。

——ごどん。

重いものが地面に落ちる音。

男の左腕——その切断面から、どす黒い液体がふき出し——

「…………!?」

サミィはわずかに眉《まゆ》をひそめた。

血ではない。

細い路地に、むせかえるほどに立ち込めたのは――オイルのにおい。

「……サイボーグ……?」

「まあな」

ロートレックは、右手の指でこめかみを押《お》さえ、左腕《ひだりうで》の切断面をサミィの方に見せつける。

そこには骨と筋肉ではなく、金属柱とワイヤー繊維《せんい》。

吹《ふ》き出ていた血ならぬオイルはすでに、その流出を止めている。

「子供《ガキ》の頃《ころ》は喧嘩《けんか》が弱くてな。

悔《くや》しくて悔しくて。強くなりたくてなりたくて。

両手と両足は、みぃぃぃんな機械にしちまった。

もちろん、ほかのところもいろいろいじってる。

おかげでずいぶん強くなった。

子供のころに、おれを馬鹿《ばか》にしてた奴《やつ》は、今は一人も生きちゃいねえ……」

「嬉《うれ》しいの? それで? 借り物の力で強くなって?」

「ああ。嬉《うれ》しいさ。

理由はどうあれ、強くなったんだ」
「……最低ね……あんた……」
「知ってるよ」
ロートレックは言った。
「おれはただの野良犬じゃなくってね。
——他人に言わせりゃ、どうやら狂犬《きょうけん》らしいんだよ——」
ロートレックは、右手の指を一本立てて、
「十時間だ」
何が？　と問うのも嫌《いや》なのか、沈黙《ちんもく》するサミィに、男はかまわず、
「それが記録だ。
両手足を切って、はらわたを引きずり出してやって……
すぐにショックでくたばる奴もいる。
けどな。そんな状態でもしばらく生き続ける奴もいるんだよ。
十時間。
それが、おれが手にかけた中での最高記録だ。
けどあんたはたぶん、そんなもんじゃあないはずだ。
——筋肉の力、ってのはな、その断面積に比例するんだぜ。知ってたか？

つまりだ。あんたのそのきゃしゃな体じゃあ、そんな長剣《ちょうけん》ぶん回し続けて、体の大半を機械にしたおれを圧《お》し続けることなんて無理なんだよ。

わかるか？

つまり、あんたも普通の人間じゃない、ってことだ」

ぴくりっ、と、サミィの表情がわずかに動く。

「そんなあんたが、おれに刻まれて、どれだけの時間生きていられるか……試《ため》してみたいんだよ……ぜひとも、な……」

「──左手一本失って──

まだあたしに勝てると思ってるの？」

「勝てるさ」

言って──

ロートレックが地を蹴《け》った！

サミィは相手を引きつけて、間合いに入る直前、地を蹴り──

ロートレックが横に跳《と》び──加速した！

……な……？

サミィの目が一瞬《いっしゅん》、ロートレックの姿を捕《と》らえそこねる。

すぐま横に殺気。とっさに剣《けん》をふるって身をひねる。

が。
一撃《いちげき》は虚《むな》しく空《くう》を切り――
脇腹《わきばら》に、かすかな灼熱感《しゃくねつかん》が生まれた。
「――っ！」
あわてて視線を巡らせるサミィ。
血の飛沫《しぶき》が、薄汚《うすよご》れた壁《かべ》に、小さな染《し》みを新たにつくる。
傷は浅い。皮一枚、といったところか。
だが問題なのは、傷の深さではない。
ふたたび視界にロートレックを捕らえ、斬撃《ざんげき》をくり出す。
しかしナイフが一撃を受け流し、体勢がわずかに乱れたその瞬間《しゅんかん》に、ナイフが一閃《いっせん》。
今度は胸《むな》もと。スーツが浅く切り裂《さ》かれただけ。
二すじの銀の刃《やいば》が虚空《こくう》に踊《おど》る。
それはさきほどと同じまま。
圧す者と圧される者との立場が入れ替《か》わっていた。
ロートレックのスピードが、あきらかに、さきほどより速くなっていた。
いや、正確に言うならば。
体の動く速度自体はそれほど変わらず、しかし反応《はんのう》速度は格段に上昇《じょうしょう》している。

——くっ！

サミィは、ダメージを受ける覚悟《かくご》で間合いを詰《つ》めて、下——死角から、つき上げるような斬撃《ざんげき》を送る。

とうていかわせる間合いではない。

だが。

後ろに跳《と》んで、身をそらし。

ロートレックはその一撃《いちげき》から身をかわす。

かわりに——

サミィの腹に灼熱感《しゃくねつかん》。

間合いを詰めた今の一瞬《いっしゅん》に、ナイフで薙《な》がれたのである。

これもそう深い傷ではない。

しかし。

「……嘘《うそ》……でしょ……？」

サミィの顔には動揺《どうよう》の色が濃《こ》い。

最初は自分が圧倒《あっとう》していたはずである。

ロートレックの防戦は、焦《あせ》りの顔は、決して負けているフリなどではなかったはずだ。

その優劣《ゆうれつ》が——左腕《ひだりうで》を落としたとたんに逆転した。

ありえない話である。本来なら。

しかしそのありえない話を目《ま》の当たりにして――

「動揺してるなぁ。お嬢《じょう》ちゃん」

無造作《むぞうさ》に間合いを詰めて、ロートレックが言う。

じりじりと後ろに退《さが》るサミィ。

「……そろそろ本格的に切り刻んで――」

言いかけて――

ロートレックは言葉を切った。

ゆっくりと――視線を移動《いどう》させる。

路地の入り口。

いつの間《ま》にか。

そこに、人影《ひとかげ》が出現していた。

無造作に、片手をポケットに突《つ》っ込んだ長身の男。

かすかな風に、長い銀髪《ぎんぱつ》が揺《ゆ》れる。

「無茶《むちゃ》をしているようだな。サミィ」

金と銀との両の瞳《ひとみ》が、サミィから、ロートレックへと移《うつ》る。

「……おいおい。あっちはもう片づいたのか？」

「片づいた」

言ってイーザーが爪先《つまさき》を、そちらに向けた、その刹那《せつな》。

だっ！

ロートレックは大きく跳《と》ぶと、金網《かなあみ》のほぼいちばん上にはりついた。

高さはおよそ五メートル。サイボーグ化された肉体ならではの離《はな》れ業《わざ》である。

「……あんたもただもんじゃあないな……

一体なにもんだ？　あんたら？

……いずれにしても……これじゃあ、いくらなんでも分《ぶ》が悪すぎるぜ」

言うと彼は、金網を飛び越《こ》え、その向こうへと走り去る。

サミィも、そしてイーザーも、そのあとを追おうとはしない。

イーザーは、ふたたび視線をサミィに向けて、傷のぐあいを一瞥《いちべつ》し、

「活動に支障はないか？」

「……うん……」

吐息《といき》とともに力を抜《ぬ》き、応《こた》えたサミィの手の中で、長剣《ちょうけん》が、瞬時《しゅんじ》に黒いスティックへと戻《もど》る。

「……けどねイーザー……

そういう時は、『大丈夫《だいじょうぶ》か？』って聞くもんよ……」

「なるほど。

大丈夫か？」

……はう……

ふたたびため息をつくサミィ。

「……大丈夫よ。

けど今のやつ……『あっちは片づいたのか』とか言ってたけど……

ひょっとしてイーザーの方にも誰《だれ》か来たの？」

「十人ほど。

手加減《てかげん》はしなかった」

「……あーあぁ……」

イーザーのことばの意味を悟《さと》って、サミィは困った表情でぽりぽり頭を掻《か》く。

「それより、無事なら急ぐぞ」

「……何を？」

「我々《われわれ》のところに組織からの刺客《しかく》が来た。

ということは——」

——っ!?

「マーティンさんっ！」

この家は、こんなに広かっただろうか。

一人でこうして家にいると、よくそんなことを思う。

決して広い家ではない。一戸建てとはいえ、郊外《こうがい》に建つ、安物建て売り住宅のひと棟《むね》である。

妻と娘《むすめ》と三人で暮らしていた時には、むしろ手狭《てぜま》に感じたものだった。

……ふぅ……

何をするでもなく、居間のソファに身を沈《しず》め、マーティン＝ステアーは深いため息をついた。

近所でラジオでもつけているのだろうか。

遠い昔に聞いたような――どこか懐《なつ》かしいメロディが、開け放った窓から、風に乗って届《とど》いて来る。

――妻が姿を消したのは、娘のコリィが九つの時のことだった。

むろん捜した。警察にも届けた。

しかし結局見つからず――

マーティンは、自分一人の手で、娘を育てた。

――あそこの女房《にょうぼう》は、男をつくって逃《に》げた――そんな噂《うわさ》や、好奇《こうき》の視線にも耐《た》えて。

コリィも、マーティンにはよくなついてくれていた。

一年前。マーティンに、再婚話《さいこんばなし》が持ち上がるまでは。

――結局再婚話は流れたが、一度行き違《ちが》った親子の仲は、もとには戻《もど》らなかった。

コリィは、まるでマーティンに対するあてつけのように、評判《ひょうばん》のよくない連中とつきあいはじめ、そして——

姿を消した。

今度は——今度こそは、本気で捜した。

この上娘まで失うことには耐《た》えられなかった。

警察に届けはしたが、頼《たよ》りにならないことは、妻の時にわかっていた。

勤《つと》めもやめ、自分の足で歩き回り、いくつもの探偵《たんてい》にも依頼《いらい》をもっていった。

しかし、コリィといっしょにいたはずの連中が、気まずい顔でことばを濁《にご》し、依頼した探偵たちが、ことごとく依頼を断ってきて——

ようやく、マーティンは悟《さと》った。

コリィの失踪《しっそう》に、組織がかかわっていることを。

残る希望は——依頼を受けてくれた、シェリフスターの二人のみ。

その二人に、なるべく動き回るな、と言われて、彼は今日もここにいる。

しかし、ただ待つだけの時間のなんと長いことか。

むろん、じっとしているなど耐えられない。この足で出向いて捜したい。だが。

——あなたが無闇《むやみ》に動けば、捜査《そうさ》に支障をきたす可能性がある。その場合、コリィさんが無事に戻る可能性はそれだけ減少することを認識《にんしき》していてもらいたい——

銀髪《ぎんぱつ》の青年――イーザーの言ったその言葉を胸に、彼はじっと耐えていた。ただ待つことに。

いつの間《ま》にか。

風に流れていた遠い音楽は途切《とぎ》れていた。

……ふぅ……。

今日だけで一体何度目だろうか。深いため息をつき――

――きこぉぉん――

玄関《げんかん》のチャイムが鳴ったのはその時だった。

――コリィ!?

そんなはずがないとは知りながらも、あわてて玄関へと向かう。

扉《とびら》を開けたその向こうに、ひょっこりとコリィが立っているのではないか。

淡《あわ》い期待を胸に抱《いだ》き、扉を開けて、期待が失望へと変わる。

娘《むすめ》が姿を消して以来、玄関のチャイムが鳴った数だけそんな思いを味わって、しかし今もまた、淡い希望を胸に抱く。

玄関ドアのカギに手を伸《の》ばし――

刹那《せつな》。彼の脳裏《のうり》に、サミィの言葉が甦《よみがえ》る。

――玄関はうかつに開けないこと。あたしたちが相手にしているのは組織だから。必ず相手を確かめて――

一瞬《いっしゅん》のためらいの後。

彼は扉の、小さなのぞき窓を開ける。

「――こんにちは。

……マーティンさん？」

その向こうに佇《たたず》んでいたのは、冴《さ》えない笑《え》みを浮《う》かべた男。

「ロートレックっていいます。

実は、娘さんのことについて話がありましてね……」

そして、サミィとイーザーの二人がたどり着いた時には。

マーティン＝ステアーは、その自宅から姿を消していた――

「――妙《みょう》な話ね――」

助手席で、不機嫌《ふきげん》な顔で腕《うで》を組み。

サミィはぽつりとつぶやいた。

「妙な話だ」

ハンドルを握《にぎ》り、イーザーも言う。

夜のトライベイ・シティ。

二人は濃紺《のうこん》のスポーツ・カーを駆《か》って、人通りもまばらな道を、郊外《こうがい》へと向かっていた。

マーティンが消えてからほぼ一週間。

コリィの捜査《そうさ》も続けるかたわら、二人はあわせて、マーティンの捜査も行うハメに陥《おちい》った。

あちこちに組織が手を回したのだろう。情報は入らず、少々派手《はで》に動きまわっても、連中がちょっかいをかけて来る様子《ようす》はなかった。

ところが、今日になって。

聞き込みを続ける二人の前に、組織の人間を自称《じしょう》する、いかにもちんぴら風の五、六人が現れ、いともあっさりとノされ――

これまたあっさり、ぺらぺらと、マーティンの居場所とおぼしき場所をしゃべったのだ。

こんな不自然な話はない。

「となると罠《わな》――ね」

「だろうな」

何の気負いもなく、二人は言った。

車は海岸ぞいの道路をひた走り、町外れにある、大きな倉庫へとたどり着いた。

この街に、無数といっていいほどある、組織関係の建物の一つである。

高い塀《へい》に囲まれた、だだっ広い敷地《しきち》。立ち並ぶ大きな倉庫。

閉《と》ざされた正門の前に立って眺《なが》めれば、見えるのは、無人の庭と佇《たたず》む倉庫。ぽつりぽつりと灯《とも》る街灯《がいとう》のみ。

人の姿などどこにもない。

だが。

正門の横にある通用門が、これ見よがしに開いている。

「…………………」

サミィはしばし絶句して、

「……これ……てっきり罠だと思ってたけど……どーやら違《ちが》ってたみたいね……」

「罠だ」

言うイーザーに、彼女は首を横に振《ふ》り、

「……いーえ。

こーいうのは、『罠』じゃなくって、『ご招待』とか『挑戦状《ちょうせんじょう》』とかって言うのよ」

「そうか」

納得《なっとく》したのかしていないのか、どうとでも取れる返事をするイーザー。

「……ま、なんにしても。

行って、敵をぶちのめして、マーティンさんをとり返す、ってことに変わりはないわけだし」

——彼が生きていれば、の話だけど——

サミィは、胸の裡《うち》でそっとそうつけ加えた。
「確かにその通りだ」
言って歩き出すイーザー。
半歩遅《おく》れてサミィが続く。
二人はあたりに気を配りながら、開いたままの通用門をくぐった。
「——よう。
待ってたよ。お二人さん」
声が響《ひび》いたのは、歩きはじめてほどなくのことだった。
聞き覚えのある声。
ゆっくりと。
倉庫の陰《かげ》から歩み出た人影《ひとかげ》は、かなりの距離《きょり》を置き、二人に対峙《たいじ》して立ち止まる。
そばにあったライトが灯《とも》り、冴《さ》えないスーツ姿を照《て》らし出す。
——ロートレック。
一旦《いったん》はサミィに断《た》たれた左腕《ひだりうで》は、いまはちゃんとそこにある。
おそらく、新しい腕をとりつけたのだろう。
「招待に応じてくれてうれしいよ。
今日は、あんたたちのために、ちょっとしたアトラクションを用意したんだ。

楽しんでいってくれるとありがたい」

右の手のひらでこめかみのあたりを揉《も》みながら、とぼけた口調《くちょう》で言うロートレック。

「そのアトラクション……クリアしたら、景品くらいは出るんでしょうね？」

「もちろんさ。……娘《むすめ》の方は、おれが捕《つか》まえたわけじゃあないから、居場所を教えるくらいしかできないけどな。

おっさんの方は、いまのところ無事だ。……正直、バラしてもあんまり面白《おもしろ》くなさそうな奴《やつ》だったからな。だから殺してない」

「……わかりやすい理由ね……」

「で、ルールの説明だ。おれがあんたたち二人の相手をさせてもらう——と、言いたいところだが、正直言ってこのおれも、さすがにお二人さんをいっぺんに接待できる自信はない。

で、だ。

ここはやっぱり一人ずつ、相手をさせてもらう。まずはレディ・ファーストだ。

……とはいえその間、そっちの兄ちゃんを退屈《たいくつ》させるわけにもいかねえ。
だから、別の接待係も用意した。
まずは嬢《じょう》ちゃん、おれについて、ここの倉庫に入ってもらおう。
おれたちが倉庫に入ったら、別の接待係が出てくる手はずだ。
兄ちゃんは、そっちの接待係をなんとかしたら、倉庫に入ってきてくれ。
ルールはちゃんと守ってくれよ。
でないと、せっかく用意した景品が台無しになっちまうかもしれないからな」
「…………………」
サミィとイーザー、二人はしばし無言で視線を交わし、
「……じゃ、ひと足お先に行ってくるわね」
ひらひら手を振《ふ》り、歩き出すサミィ。
「なるべく急いで行く。無茶《むちゃ》はするな」
その背を見送り、言うイーザー。
……はふ……
サミィはため息ひとつつき、困った顔でふり向いて、
「……あのねイーザー……
こーいう時は、嘘《うそ》でも『お前一人じゃあ行かせられない』とかなんとか言うもんよ」

「そうなのか？　しかしそう言ったら——どうなる？」

サミィはしばし、天を見上げ、

「……まあ……それでも結局、あたし一人が行くことになるんだけど」

「なら言っても無意味だと思うのだが」

「あながち無意味ってわけじゃあないわよ。こっちのヤル気、っていうか、士気ってもんが変わってくるから」

「そうか。なら——お前一人で行かせるわけにはいかない」

「……あー。はいはい。ありがと」

言ってふたたび歩き出し、ロートレックの前までやって来る。

「……何よ？　その顔」

「……いやぁ……変わった兄ちゃんだな、と思ってな……」

「……まあね……あんたに言われるっていうのがくやしいけど」

「おいおい。それじゃあおれが変わり者みたいに聞こえるだろうが」

軽口を叩《たた》きながら、ロートレックはきびすを返し、倉庫のひと棟《むね》の、通用口へと向かう。

やや距離《きより》を置き、ついてゆくサミィ。

その二人の背を見送って、イーザーは、変わらずその場に佇《たたず》んでいる。

二人が倉庫の中へと消えて、扉《とびら》が閉まり——

あとはただ、イーザー一人。

夜の静寂《せいじやく》があたりを支配する。

ロートレックは『別の接待係を用意した』と言っていたが、すぐにその『接待係』とやらが姿を現す様子《ようす》はない。

沈黙《ちんもく》の中、夜風と時とがしばし流れ——

無造作《むぞうさ》に。

イーザーは歩きはじめた。

倉庫に向かって。

しかし、彼の爪先が向いているのは、サミィとロートレックが姿を消した棟ではない。

別の方向にあるひと棟。

何の迷いもためらいもなく、彼はそちらに歩みを進め——

しゅぃぃぃぃぃぃぃぃんっ！

耳ざわりな機械音とともに、倉庫の陰《かげ》からそれが飛び出して来る！

長身のイーザーよりも、ふたまわりは大きい巨大《きょだい》な人型。

ずんぐりとしたその肢体《したい》。街灯《がいとう》に照らされたボディは迷彩色《めいさいしょく》。

軍用装甲強化服《パワード・スーツ》『ビッグフット』。

装着者《そうちゃくしゃ》の力を数倍に拡大《かくだい》し、高い反応速度《レスポンス》と機動性、そして攻撃力《こうげきりょく》を持つ兵器。

ひと世代前の、ティコ連邦軍《れんぽうぐん》の制式パワード・スーツである。

旧型機——と言えば聞こえは悪いが、性能は高く、むろん生身の人間が太刀打《たちう》ちできるものではない。

イーザーは、それの潜《ひそ》む気配を察知して、そちらに歩みを進め、仕方なく相手も姿を現したのである。

出現と同時に、『ビッグフット』は脚《あし》のホバージェットで横すべりに移動しながら、右手を動かす。

ぢゃらららららららららららららららららっ！

手にした機関銃《きかんじゅう》の炸裂音《さくれつおん》が、静寂に満ちた大気をふるわせる。

その一斉射《いっせいしゃ》がはじけた時。

イーザーの姿はそこにはなかった。

『——!?』

あわててパワード・スーツのパイロットは左右を見渡《みわた》す。

しかしどこにも姿はない。

続いて熱源センサーであたりを探索《たんさく》。

反応《はんのう》が――あった。

『――上!?』

驚愕《きょうがく》の声を上げ、跳ね上がるように天を仰《あお》ぎ見るパイロット。

――月が――出ている。

この惑星《ほし》、フリードの夜空に輝《かがや》く二つの月。

その片方を背に負って、屋根に佇《たたず》む影《かげ》ひとつ。

流れる銀髪《ぎんぱつ》。

その片手には、大ぶりのナイフ。

むろん倉庫の屋根は、そう易々《やすやす》と飛び上がれるほど低いものではない。

一体どんな移動手段を使ったのか――

『……なるほどな……』

モニター越《ご》しに、月光に輝く男の姿を眺《なが》めつつ、パイロットはつぶやいた。

『ロートレックが、殺すな、しかし殺す気でやれ、って言った意味……ようやくわかったよ』

イーザーの瞳《ひとみ》が、眼下の敵へと注《そそ》がれる。

その時。

しゅいぃぃいぃいぃぃぃっ！

少し離《はな》れた、別棟《べっとう》の陰《かげ》から、二つの人型が飛び出して来る！

三機の『ビッグフット』は、一斉《いっせい》に、手にしたマシンガンの銃口《じゅうこう》を、佇む銀色の影に向けた！

ゔぁらららららららららららららっ！

けたたましい轟音《ごうおん》が、夜の空気をかき回した。

水銀灯《すいぎんとう》の皓々《こうこう》たる明りが、無機質な空間を照《て》らし出していた。

味けない色に塗《ぬ》られたコンクリートの壁《かべ》。

鉄パイプを組み上げてつくられた、棚《たな》と呼ぶにはあまりにもおおざっぱすぎるような棚が並び、無数の荷物で埋《う》まっている。

荷物の箱に書かれた文字からすると――ここはどうやら、おもちゃの倉庫のようだった。

「……あんまり『大人のムード漂《ただよ》う場所』って雰囲気《ふんいき》じゃあないわね……」

あたりを見回し、つぶやくサミィ。

むろん視線の片隅《かたすみ》で、常にロートレックの姿を捕《と》らえ続けるのは忘《わす》れない。

「男ってぇのは、いつまでたっても、どこか子供なのさ」

サミィからやや離《はな》れた場所、棚によりかかるようにしながら、気取った口調《くちょう》で言うロートレック。

「あー。はいはい」

自分から軽口を叩《たた》いておいて、相手の軽口はあっさり流すサミィ。

「……情《つ》れねぇなぁ……あんた……」

「あんたと仲良くしても、いいことなんてないでしょ。

それより。

マーティンさんの居場所は？」

「奥《おく》さ。ただし――カギはここだ」

左手でカギをちゃらつかせ、それを、背広の右の内ポケットに落とし込む。

「それじゃあ早速――」

「コリィの居場所は？」

スタートを告げようとする彼に、サミィは待ったをかけた。

「約束は、マーティンさん自身と、コリィの居場所――だったはずよ。

でももしあたしがあんたをぶち倒《たお》したら、居場所の聞きようがないじゃない」

「心配するなって。

娘《むすめ》の居場所は、もうおっさんに教えてある。

つまり、おっさんを助けりゃあそれでよし、だ」

「……本当でしょうね……」

「信じないなら帰りゃあいいじゃねえか。あんたとヤれなくなるのは残念だが、なあに、そうなったらこの欲求不満は、奥のおっさんで晴らさせてもらうさ」

「…………………」

言われてサミィは口をつぐんだ。

むろんこの男の言うことなど、信用できるわけはない。

コリィのことはおろか、ひょっとしたらすでにマーティンも、殺されてしまっている可能性もある。

だが逆に——そうでない可能性もある以上、ここで背を向けるわけにはいかない。

「……どうやらわかってくれたみてぇだな。

それじゃあはじめようか。追いかけっこを。

嬢《じょう》ちゃんがおれを捕《つか》まえてカギをとり上げ、あのおっさんを助ければステージクリアだ。

ただし——おれも反撃《はんげき》はさせてもらうんでな。気をつけてくれ。

そうそう。それと、ルールに反して、先におっさんを連れ出そう、なんて思うなよ。

そんな真似《まね》したら、まっ先におっさんを狙《ねら》ってやるからな。

ルールがわかったら——スタートだ」

言うと同時に。

ロートレックの姿《すがた》が棚《たな》の向こうに消えた。

ダッシュでそれを追うサミィ。

「シェイプシフト！」

抜《ぬ》きはなったスティックが、長剣《ちょうけん》へと変化する。

ロートレックが姿を消した通路に駆《か》け寄り――

そこに、すでに彼の姿はない。

ただ、うず高く積まれたおもちゃの箱が、壁《かべ》となって迷路をつくっているのみ。

「…………」

気配を探《さぐ》り、歩みを進める。

いつもなら、もっと大胆《だいたん》に動く。

しかしロートレックは、前の戦いで、サミィの運動能力を凌駕《りょうが》した。

不用意に進めば、敗《やぶ》れるのは自分の方だろう。

なおかつ、ロートレックに負けるということは、あんまり趣味《しゅみ》のよくない最期《さいご》をとげることにもなる。

いくらなんでもそれはイヤすぎた。

荷物の壁を背にするように、慎重《しんちょう》に足を運び――

どがぁっ！

刹那《せつな》、その壁がはじけた！

壁をつき破ったのは一ふりの剣！

「くっ！」

とっさに飛び退《の》き、身をかわし、手にした剣で反射的に、その剣をふりはらう！

かっ！

頼《たよ》りない手応《てごた》えとともに、つき出た剣が切れて飛ぶ。

——本物の剣ではない。おもちゃの剣である。

しゃんっ！

そして横手で音がはじける！

風を巻いてふり向いたその先には——今日《きょう》び一体誰《だれ》がこんなものを買うのか。タンバリンを打つサルのおもちゃが、ユーモラスというよりはむしろグロテスクな笑《え》みを浮《う》かべていた。

……遊ばれてるわね……

思って、小さく息を吐《つ》いた刹那。

どんっ！

背後《はいご》の箱がはじけて崩《くず》れ、ロートレックが出現する！

その両手には一ふりずつのナイフ。

ふたたびきびすを返したサミィに、間髪入《かんはつい》れず斬《き》りつける！

き・きぃん！　きんっ！

閃《ひらめ》く白刃を、銀の刃《やいば》がかろうじて受け、はじく。

しかしサミィは体勢が不完全。二本のナイフの攻撃《こうげき》を、かろうじてさばきながらも、圧《お》されて退《さ》がり——

その足が、サルのおもちゃを踏《ふ》みつけた。

きぃぃぃぃっ！　きぃぃぃぃっ！

嘲笑《あざわら》うような鳴き声。

体勢をまともに崩《くず》したサミィののどもとに、ロートレックが刃をくり出す。

——くっ！

仕方なくあおむけに倒《たお》れ込むサミィ。

ロートレックのナイフのリーチは短い。それでサミィに攻撃するには、かがみ込む必要がある。

彼が自《みずか》ら体勢を崩すその時が、反撃《はんげき》のチャンス！

サミィはそう読んでいた。

しかし。

ロートレックはごく一瞬《いっしゅん》だけためらうと、左手を伸《の》ばす。

おもちゃの箱が山積みになっている棚《たな》へと。

——!?

サミィは彼の意図《いと》を理解した。

生き埋《う》めにするつもりなのだ。彼女を。崩したおもちゃの箱で。

むろん、落ちてきたおもちゃの箱に当たること、それ自体はどうということもない。

しかし、あたりにぶちまけられた箱とその中身は、彼女の動きを著しく阻害《そがい》する。

——その間に、ロートレックがサミィを殺すことなどたやすいほどに。

ロートレックの左手が、棚からおもちゃの箱をかき出すのを見ながら、サミィは床《ゆか》を蹴《け》り、背を向けざまに身を起こす。

不利になることは百も承知《しょうち》だが、おもちゃに埋もれて切りきざまれるよりはマシ、と判断《はんだん》したのだ。

間合いを取ろうと、背を向けたまま床《ゆか》を蹴《け》り——

その背に痛《いた》みが走り抜《ぬ》けた。


——とった——!

マシンガンの引き金を絞《しぼ》り込み。

三機のパワード・スーツのパイロットたちは、そう確信していた。

相手は今、屋根の上。遮蔽物《しゃへいぶつ》はない。

ならばあとは、ただ弾丸をばら撒《ま》いていれば、いつかは当たる。

もしも飛び降りたとしても、翼《つばさ》もない身では、落下軌道《きどう》も変えられない。降りてくるあたりに弾丸を撒き続ければ必ず当たる。

——普通《ふつう》ならば。

男たちが、トリガーを引いたその瞬間《しゅんかん》。

イーザーは大地に立っていた。

ただ飛び降りたのではない。

屋根のへりをひっ摑《つか》み、自分の体を地面に向かってつき放したのだ。

イーザーの腕力《わんりょく》に重力が加わり、パワード・スーツの男たちの予想《よそう》などはるかに超《こ》えたスピードで、彼は地面に到達《とうたつ》したのだ。

むろん、普通の人間なら墜落死《ついらくし》。運がよくても骨折だろう。

だが——イーザーは着地と同時に横へと疾《はし》る。

そばにいた、一機に向かって。

『う……!?　うわあああああああっ!?』

完全に予想外の動きに、混乱するパイロットたち。

イーザーの白い残像を追い、マシンガンが見境無《みさかいな》く火を噴《ふ》く。

イーザーはそばの一機に向かい——横を駆《か》け抜《ぬ》け——

一拍置《いっぱく》いて。

ちゅがかかがちゅかがががぅんっ!

『わああああああああっ!』

ほかの二機が放っていた銃弾《じゅうだん》が、いきおい余って、その一機の装甲《そうこう》を叩《たた》く!

対人用のマシンガンの弾丸《たま》は、すべて装甲で止まっている。

とはいえ、仲間から一斉掃射《いっせいそうしゃ》を浴びるなど、決して気持ちのいいことではない。

『何しやがる⁉ おめえらっ!』

『す……すまん! ……奴《やつ》は⁉』

『……え……?』

一瞬呆《いっしゅんほう》けてから、あわてて熱源探査をする。

反応《はんのう》があった。

ま後ろに。

パイロットが反応するより速く。

ざぎんっ!

イーザーの手にした分子振動《しんどう》ナイフが、そのパワード・スーツの左腕《ひだりうで》を、肩口《かたぐち》から斬《き》り飛ばしていた。

中に入った、パイロットの腕ごと。

『――ぎああああああああぁッ!?』

パニックを起こし、見境《みさかいな》無く右手のマシンガンを乱射《らんしゃ》する。

滅茶苦茶《めちゃくちゃ》な乱射は、仲間のパワード・スーツをも襲《おそ》い、パニックが伝染する。

『やめろやめろっ！　落ち着けっ！』

『何なんだあいつは!?』

叫《さけ》んだパイロットの、モニターの視界一面に。

イーザーの顔が出現した。

「――っ！」

背中の痛《いた》みを噛《か》み殺し、サミィはなおもダッシュする。

傷は決して浅くはないが、たぶん内臓までは届《とど》いてない。

距離《きょり》を取ってふり向けば、目の前にまで迫《せま》ったロートレックの刃《やいば》。

迫る刃がみぞおちに伸《の》び――

死。

その言葉が脳裏《のうり》に閃《ひらめ》いた瞬間《しゅんかん》。

怒《いか》りが。

胸の奥《おく》ではじけた。
――こんなところで――死んでたまるかっ！
思うと同時に。
体は反射的に動いていた。

どがっ！

くり出した蹴《け》りが、カウンターでロートレックの腹に入っていた。
どざざっ！
まともに吹《ふ》っ飛び、自分で崩《くず》したおもちゃの上に倒《たお》れ込むロートレック。
箱が潰《つぶ》れて、いろいろな人形たちがあたりに飛び出る。
サミィの本気の蹴りが、モロにカウンターで入ったのだ。
常人ならば内臓破裂《はれつ》を起こし、場合によってはショックで即死《そくし》である。
だが――
蹴りを入れたその瞬間《しゅんかん》。
サミィの足に伝わったのは、異様に重い手応《てごた》えだった。
そして。
「……へ……」

がさりっ、と、おもちゃの山をかきわけて、ロートレックが身を起こす。

「今の蹴《け》りは悪くなかったぜ。

普通《ふつう》の奴《やつ》ならくたばってる。

……けど前にも言ったろ。

おれは手と足の他《ほか》にもいろいろいじくってる、って」

おそらくは腹筋も、人工の強化筋肉に替《か》えているのだろう。

「……なかなか……腐《くさ》った徹底《てってい》ぶりね……」

言って――サミィは気がついた。

自分が荒《あら》い息をついていることに。

「……けど今のは惜《お》しかったよなぁ……

もうちょっとで嬢《じょう》ちゃんのはらわた、あたりにぶち撒《ま》いてやれるところだったのになぁ……

……」

「……あたしに同意を求めないで……

あいにくと……あんたみたいな奴《やつ》にサービスしてあげる気はなくてね……」

「そんなんじゃあサービス業は勤《つと》まらねえぞ」

「……会社の方針でね……そういうサービスはしないことになってるのよ……」

「そう言わずに……よ！」

言って駆《か》けてくるロートレック。

ふたたび虚空《こくう》に、銀の残像が翻《ひるがえ》る。

サミィの剣《けん》は、ロートレックのナイフをはじき、受け流す。

しかし、圧《お》されていることに変わりはない。

武器のリーチでこそ勝っているものの、スピードと手数の多さでは劣り、なおかつ背中の傷は、致命傷《ちめいしょう》にはほど遠いものの、動くそのたびに痛んで集中力をそぎ落とす。

このままでは時間が経《た》てば、不利になるばかりである。

——ならっ！

きんっ！

ナイフの一撃《いちげき》をはじいて大きく退《さが》ると、サミィは足もとに転がるクマの人形を、ロートレックの顔面目がけて蹴り上げる！

当たったところでダメージはない。しかし視界は確実に塞《ふさ》がれる。

「——ちっ！」

身をそらし、かわすと同時に視界を確保するロートレック。

わずかに体勢の崩《くず》れたその機を逃《のが》さずに、サミィは渾身《こんしん》の斬撃《ざんげき》をかける！

狙《ねら》いは——ロートレックが手にしたナイフ！

ぎんっ！

鋼《はがね》の音がこだまして――刹那《せつな》の後、二つの影《かげ》は跳《と》び離《はな》れる。

ロートレックが右手に持ったナイフ――

その刃が、根もとから折り飛ばされていた。

しかし。

余裕《よゆう》の笑《え》みを浮《う》かべているのは、ロートレックの方だった。

珠《たま》の汗《あせ》を浮かべつつ、構えたサミィの剣《けん》の切っ先が、はっきりそれとわかるほどにふるえている。

その右腕《みぎうで》には――つい今しがたまで、ロートレックが左手に持っていたナイフが深々とつき立っていた。

接触《せっしょく》の瞬間《しゅんかん》。ロートレックがつき立てたのだ。

一瞬《いっしゅん》の対峙《たいじ》の後に、折れたナイフをほうり捨て、ロートレックが突《つ》っ込んで来る！

「――くっ！」

サミィは剣を構えて――

瞬間。腕につき立ったままのナイフが激しい痛みを生み出した。

――迎撃《げいげき》は無理!?

反射的《はんしゃてき》に退《さが》り――

とんっ。

その背が、硬《かた》いものに当たった。

倉庫の壁《かべ》。

痛みと動揺《どうよう》で、戦場の間合いを読み違《ちが》える。

初歩の初歩のミスである。

——しまった！

ミスはさらなる動揺を生み——


どぐっ！


ロートレックの蹴《け》りは、まともにみぞおちに入っていた。

背後は壁。力の逃《に》げる場所はない。

蹴りの威力《いりょく》はすべてサミィの腹へとかかる。

こふっ！

肺《はい》の空気が一気に抜《ぬ》け、視界が暗転する。

反射的に剣を一閃《いっせん》させるが、ロートレックはあっさりその軌道《きどう》を見切り、逆にその手をひっ摑《つか》む。

サミィの右腕に刺《さ》さったままのナイフを、空《あ》いた左手で抜き放ち、動けないよう、サミィの右腿《みぎもも》に——

ごどがぁっ！

激しい炸裂音《さくれつおん》が倉庫をゆるがしたのは、まさにその時だった。

「——!?」

とっさにサミィから跳《と》び離《はな》れ、ロートレックはそちらに視線を向けた。

砕《くだ》け破れた倉庫の壁《かべ》。

転がり、ぴくりとも動かぬ巨大《きょだい》な人型。

それになぎ倒《たお》されて散乱するおもちゃの山。

おもちゃに電池が入っていたなら、さぞかしにぎやかなことになっていただろうが、動かぬままに転がるそれらは、死体の山すら想《おも》わせる。

「……おいおい……嘘《うそ》だろ……」

呆然《ぼうぜん》とつぶやくロートレック。

状況《じょうきょう》から見るならば、何者かにふっ飛ばされたパワード・スーツが倉庫の壁をつき破り、転がり込んできた、ということになるのだが……

そして、壁に開いた大穴——その向こうにひろがる闇《やみ》に、銀色の影《かげ》がにじみ出る。

いとも無造作《むぞうさ》な足取りで。

彼は壁をくぐり、立ち止まる。

イーザー＝マリオン。

「マジかよ⁉　もうあの連中ぶちのめしちまったのかい⁉」

驚愕《きょうがく》と——そして歓喜《かんき》の混じった声を上げるロートレック。

イーザーはそれには反応《はんのう》せずに、壁に背をあずけたままで、荒《あら》い息をするサミィに目を向け、

「大丈夫か？　サミィ」

何日か前に教わった通りの言葉をかけてくる。

「……あんまし……大丈夫じゃあないわよ……見ればわかるでしょ……？」

「そうか」

無造作に言って、視線をロートレックへと向ける。

どうひいき目に見たところで、サミィの身を案じているようには見えない。

「いいねぇ！　あんた、実にいい！」

ロートレックは言う。ただ、イーザーだけを見つめて。

「ただもんじゃあないってことは、前に逢《あ》った時からわかってたさ！　こう、背中に来るもんがあったからな！　そっちの嬢《じょう》ちゃんよりも殺しがいがありそうだ！」

左手のナイフを右手に持ち替《か》え、興奮した口調《くちょう》で言う。

イーザーは、無造作につっ立ったまま、

「聞くが——ここで私がお前と戦うのは、別にルール違反《いはん》とやらではないな？」

ロートレックの笑《え》みが深くなる。

——もちろん——

そう答えようとして。

……？

口の中に生まれた違和感《いわかん》に、ロートレックは眉《まゆ》をしかめてツバを吐《は》く。

転がる段ボールの上へと散ったその色は——赤い。

「……おやおや……」

言ったとたん。鼻孔《びこう》から、つぅっ、と血の帯が流れ出た。

「……ちっ……こりゃあだめだ……」

ロートレックは左手で、スラックスのポケットからハンカチを取り出し、鼻血をぬぐう。

「戦ってよし、って言いたいが……どうやらこっちの方がタイム・アップってことになっちまったらしい」

「……タイム……アップ……？」

つぶやいてサミィはハッとなり、

「……そうか……！

あんた……薬で反応《はんのう》速度上げてるのね……！」

「あー。気づかれちまったか。まあいいけどよ」

ハンカチを鼻に当てたまま、ロートレックはあっさりと言った。

脳内麻薬《まやく》物質か何かを人工的に分泌《ぶんぴつ》させて、自分自身の反応速度を高める――

ロートレックは、自分の頭に、そんなしかけを埋《う》め込んでいるのだ。

考えてみれば、サミィには思い当たることがあった。

最初に戦った時、はじめは自分の方が圧《お》していたにもかかわらず、途中《とちゅう》、ちょっと話をしたとたん、いきなり立場が逆転した。

「……たぶん……スイッチは……あんたのこめかみね……」

「なかなかカンがいいな。お嬢《じょう》ちゃん」

にんまりと笑うロートレック。

たしかに以前、いきなり反応速度が上がった時も。

そして今回、二人を出迎《でむか》えた時も、彼はこめかみに手を当てる動作をしていた。

むろん、薬で反応速度を上げる、などという無茶《むちゃ》を、そう長時間やっていられるわけはない。

サイボーグ化している部分はともかくとして、そのうち肉体のあちらこちらに負担がかかり、毛細血管などが破裂《はれつ》して――こうなる。

さらに時間が経《た》つならば、目や耳からも血をふき出し、やがておそらく脳の血管さえもが破裂し、死に至るだろう。

「……ますますまともじゃないわね……あんた……」

「そうでもないさ。もともと暗殺者《アサッシン》ってぇのは、こういうもんだったらしいぜ。

なにしろ、『麻薬《ハシシ》』ってのが語源になってるくらいだ。

クスリで恐怖《きょうふ》を消して、体の能力を上げて……

——ま、もっともおれは、シゴトじゃなく趣味《しゅみ》でやってるんだけどな」

「……シュミに命をかけてる……ってわけね……ずいぶんぜいたくなムダ使いだわ……」

言われてロートレックは肩《かた》をすくめ、

「ひとの命なんて軽いもんさ。

なら、おれの命だってそんなにたいしたもんじゃない。

ほんとうにやりたいことのために使うのが、美学、ってもんさ」

まるで、余暇《よか》や小遣《こづか》いの使い道を語るかのように言う。

「……あんたの美学はどうでもいいけど……それに他人を巻き込むのはやめてよね……」

「まあ、そう怖《こわ》い顔するなって。

この場はあんたらの勝ち、ってことにしといてやるからよ」

彼は手近な棚《たな》によりかかると、ハンカチを——ポッケにしまおうかどうか、ちょっと迷ってから投げ捨てて、その左手で、ゆっくりと、スーツの内ポケットからカギを取り出す。

「……そっちの嬢《じょう》ちゃんには言ったけど……おっさんを閉じこめた部屋《へや》のカギだ。

奥《おく》にある、緑の扉《とびら》な」

カギをぶらぶらさせながら、

「おれとしては、もうちょっと楽しみたいんだけどな……

時間切れでおっ死んじまう、ってのは、それはそれでかっこいいような気もするんだが……

けどよ、鼻血だらだら流しながら戦う、ってのは……こいつぁどうひいき目に見ても、あまりサマになるもんじゃあないからな」

「……見逃《みのが》してあげる気は……ないわよ……」

言いながら、なんとか壁《かべ》から身を起こすサミィ。

蹴《け》りのダメージ——腹に鉛《なまり》の塊《かたまり》を飲んだような感覚はいまだ消えないが、あちこちの傷の痛みはだいぶ薄《うす》らいでいる。

——といっても、単にマヒしてきただけではあるのだが。

「そこをなんとか頼《たの》むぜ」

とぼけた口調《くちょう》でそう言うと、ロートレックは手にしたカギを、崩《くず》れたおもちゃの山の中にほうり投げた。

かちゃんっ。

小さな音が、崩れた山の中に埋没《まいぼつ》する。

「それに、だ。

第一あんたらは、急いでカギを探さなきゃならない。

おれなんかを追いかけ回してからカギを探してたんじゃあ……

奥《おく》の部屋《へや》で、おやじの蒸《む》し焼きができあがっちまう」

「…………？」

サミィが眉《まゆ》をひそめたその時。

ロートレックは、もたれていた棚《たな》から身を起こし——

そこから朱《あか》い火の手が上がる！

「——！」

二人から隠《かく》した右手で、ライターか何かを使って、積み上げられたおもちゃの箱に火を放ったのだ。

またたく間《ま》にひろがる炎。

ロートレックは大きく後ろに跳《と》ぶと、

「それじゃあまあ、がんばれよ！」

きびすを返し、言葉を残して駆《か》け出した。

「くっ……！」

サミィは呻《うめ》いた。

今こそが、ロートレックを倒《たお》すチャンスである。

このままあの男をほうっておけば、絶対また現れて、いろいろちょっかいをかけて来るだろう。

だが今は――

サミィは剣《けん》を棚に置き、ロートレックがカギをほうり投げたあたりに駆け寄り、散らばったおもちゃの山をかきわけはじめる。

火のまわりが思ったより早い。あたりに消化器らしきものは見当たらず。このぶんだと倉庫の消火装置も、ロートレックが切っているだろう。

「イーザー！　カギを！」

おもちゃの山をひっくり返しながら、サミィは、傍《かたわ》らでつっ立ったままのイーザーに声をかける。

「サミィ。疑問があるのだが」

「あとで聞くから今はとにかくカギ探すっ！」

「わかった」

答えてイーザーもしゃがみ込み、いっしょに山をほじくり返しはじめる。

おもちゃの倉庫、というのがやっかいだった。

樹脂《じゅし》だのなんだのと、燃えやすい原料が多用されているために、火の手はみるみる強くなってゆく。

人形をほうり投げ、箱をかきわけ――

……かちゃっ……

ごく小さな金属音。

「そこっ!?」

いきおいよくあたりのものをかきわけて――

床《ゆか》と、小さな銀色のものが見えた。

「あった！」

サミィは強引《ごういん》に手を伸《の》ばそうとして――

がらがらがらがらっ！

箱やらおもちゃが崩《くず》れ落ち、ふたたびカギを埋《う》めてゆく。

「あああああっ！」

気の短い声を上げ、ふたたび必死であたりのものをかきわける。

そして今度こそ――

「おしっ！」

サミィの右手が、銀色のカギを捕《と》らえた。

「奥《おく》の緑の扉《とびら》って言ってたわ！」

立ち上がり、忘れず剣《けん》を手に取ると、言ってサミィは駆《か》け出した。

走るサミィの横手にイーザーが並び、

「先ほどの疑問だが」

「何よ!?」

「カギを探す必要があったのか？　お前の剣か私のナイフでカギを壊《こわ》す、という案を思いつ
いたのだが」

「うっ」

思わず一瞬《いっしゅん》立ち止まるサミィ。

イーザーが肩越《かたご》しにふり向くのを見て、ふたたび駆け出し、

「――必要だったのよっ！」

あえてきっぱり言い切った。

「今の『うっ』というのは……」

「たぶんあそこの扉よっ！」

話をそらして、一枚の扉を指すサミィ。

いかにも倉庫然とした、おせじにもきれいとは言えない緑色で塗《ぬ》られた鉄扉《てっぴ》。

サミィはダッシュで駆け寄ると――

ざぎんっ！

手にした剣でロック部分をえぐり斬《き》る。

右腕《みぎうで》の傷が少し痛むが、それは無視。

「カギは……」

「大丈夫《だいじょうぶ》ですかっ⁉」

何やらいいかけたイーザーの言葉を遮《さえぎ》り、扉《とびら》を開く。

おそらく本来は、備品置き場か何かなのだろう。

色気も素《そ》っ気《け》もない、さして広くもない部屋《へや》にあるのは、一脚《いっきゃく》のイスと――それにしばりつけられたマーティン。

「……あ……あんたたちは……」

顔を上げ、二人の方に目をやる彼。

どうやらケガなどもなさそうである。

意外ではあるが、ロートレックは、嘘《うそ》をついていなかったのだ。

「よかった。無事ね！」

駆《か》け寄るサミィに目をやって――マーティンの表情が曇《くも》る。

「――！　あんた！　ケガを……⁉」

「大丈夫よ。こんなの」

言ってサミィはウインクひとつ。

まあ多少、やせがまんが入っていることは事実だが。

イーザーは彼に歩み寄り――

ざんっ！

手にしたナイフで、マーティンを縛《いまし》めていたロープを断《た》ち切る。

「立てます？」

「……ああ……すまない……」

最初は多少よろつきながらも、自分の足で立つマーティン。

「火が出てます。急ぎましょう」

サミィが肩《かた》を貸そうとするが――

「……いや。大丈夫だ。歩ける」

言って扉《とびら》の方へと向かう。

そしてサミィとイーザーも。

倉庫の中には、かなり火の手が回りはじめているが、脱出《だっしゅつ》に困るほどではない。

「本当に大丈夫ですか？」

問うサミィに、マーティンは悔恨《かいこん》の表情で、

「……きみこそ……そんなケガを……すまない……本当にすまない……許してくれ……」

「いやそんな……

あやまることはありませんって。悪いのは、みーんなあの変態スーツ男なんですから」

「……違《ちが》う……違うんだ……私は……

自分で……ここに来たんだ……」

「――！」

「……あの男に……自分が本当に狙《ねら》っているのはあんたたち二人だ、と……

ついて来れば、娘《むすめ》の居場所も教えるし、危害も加えない、と……

そう言われて……

……約束を守るような相手じゃあないとは思っていた……つかまえた私を、あなたたちへの人質《ひとじち》にすることも想像がついた……

けど……そうわかっていながら……

私は……自分でカギを開け……あの男についていったんだ……

そのせいで……あんたは、そんなケガを……すまない……本当に……」

「抵抗《ていこう》していれば殺されていた可能性が高い」

呻《うめ》くマーティンに、しかしイーザーが静かに言う。

「その場合、我々は『あなたと娘を再会させる』という依頼《いらい》を達成するのが不可能になる。

それは非常に困る。

よって、あなたの選択《せんたく》は正しい」

「…………」

なぐさめられているのだか何なんだかよくわからないその言葉に、しばし言葉を失うマーティン。

「……まあ……『仕方なかったんだから気にするな』ってことよ」

気楽な口調《くちょう》でサミィは言った。

「結果、一応みんな無事だったんだし。

──あ。そうだ。マーティンさん」

ふと思い出し、サミィは尋《たず》ねる。

「あいつ、コリィさんのゆくえはあなたに教えた、みたいなことを言ってたんですけど……」

「ああ」

問われてマーティンはうなずいた。

「確かに言ったよ……本当か嘘《うそ》かまでは知らんが……

──ダストブロー──

衛星軌道上《きどうじょう》にある、廃棄《はいき》資源小惑星《しょうわくせい》の吹《ふ》き溜《だ》まり──

そこにコリィがいる。

あいつはそう言っていた──」

「……けどどうするんです……!? 宇宙なんて……!」

夜風に負けない大きな声で、後部座席のマーティンがそう言ったのは、三人を乗せた車が発車して、さほども経《た》たぬうちだった。

はるか後ろでは、さきほどまで彼らのいた倉庫が、ぼんやりと赤く染まっている。

火事に気づいて消防や警察がかけつけて来るまで、さほどの時間は要しないだろう。

「迎《むか》えは呼んだ」

ハンドルをにぎったままで言うイーザー。

決して大きくはない。しかしよく通る声。

「……え……迎え……？」

「マーティンさん、あたしたちの商売、忘れてません？」

助手席のサミィが問いかける。

「もちろん忘れてなんか……」

彼は一旦《いったん》言葉を切り、やがておずおずと、

「……あの……

ところで私たち……街とは違《ちが》う方に向かってるような気がするんですけど……」

「そーよ」

「そーよ、って……」

言いかけたその時。

唐突《とうとつ》に、闇《やみ》が降りた。

月が翳《かげ》ったのだが――その変化は、あまりにも急すぎた。

マーティンは、なんとはなしに天をふりあおぎ――

「うわあぁぁあああっ⁉」

思わず声を上げていた。

何かが。

巨大《きょだい》な何かが、車の上を覆《おお》うように、そこにいた。

「……飛行……機……？」

「いいえ」

つぶやいた言葉にサミィが答える。

「あたしたちの連絡艇《シャトル》――『ドラグゥーン』よ」

言ったそのとたん。

まばゆい光が車を包む。

頭上の『ドラグゥーン』から生まれた光が。

そして――ふわりっ、と車体が宙に浮《う》く。

「……なっ……⁉ なななななな……⁉」

「落ち着いて。ただの牽引《トラクター》ビームよ」

「異星人のUFOに誘拐《アブダクション》されてる気分なんですけど！」

「……うちの装備課に変なシュミのがいるのよ。文句《もんく》言うならそっちにお願い」

車はほどなく、低空飛行をする『ドラグゥーン』の下部へと収納され、三人はそのまま操縦席《コックピット》へと向かう。

「……呼んだ……って言いましたけど……人……いませんね」

無人のコックピットを目にして、マーティンはぽつりとつぶやいた。

「ま、半分自動みたいなもんだし」

言いながら、サミィはシートの一つに腰掛《こしか》ける。

イーザーの脳波にリンクして、自動操縦装置《オートパイロット》が働くようになっているのだが、そこまで説明する気はないらしい。

「さ。マーティンさんもそこのシートに座《すわ》って」

「はあ……」

後ろの方にある予備シートを目で指され、とりあえず腰を下ろすマーティン。

「あ。シートベルトも忘れないでね」

「わ……わかりました」

とりあえず言われた通りに、かちゃかちゃとベルトをつけて、マーティンは不安げな表情で二人に目をやった。

イーザーの方は、マーティンのことなど全く気にかけず、操縦《そうじゅう》を自動《オート》から手動《マニュアル》へと変えて機体を操《あやつ》っている。

サミィは、どこか不安げなマーティンの顔を見て、

「……ひょっとしてマーティンさん……宇宙ははじめて？」

「いえ。そういうわけでも……」

答えてから。妙《みょう》な違和感《いわかん》を覚え、考えて――

「――ちょっと待ってください！　宇宙って……！」

「善は急げ、って言うでしょ」

「そうじゃなくて……！　私も行くんですかっ⁉」

「へ？」

言われて、サミィの方が、きょとんっ、とした顔で、

「……まさか地上《ここ》に残るつもりだったの⁉」

「……いや……そんな、思いっきり意外そうに言われても……」

「だって意外だったし……

マーティンさん、組織はもう知ってるのよ。あなたのことを」

「……あ……」

指摘《してき》されてはじめて。マーティンは小さく呻《うめ》いた。

「今回は、あのロートレックって奴《やつ》の気まぐれだか何だかで、無事でいられたけど……次に狙《ねら》われた時も、そう都合《つごう》良く行くとは限らないわ」

「……なるほど……ならば、一人で地上にいるよりも、一緒《いっしょ》に宇宙に行った方が安全、というわけですか」

「……まあ……ね……」

ぽりぽり頭を掻《か》きながら、ややあいまいに答えるサミィ。

「とゆーことなんで。

このまま一気に宇宙に出て、あたしたちの宇宙船《ふね》――『モーニングスター』と合流よっ！」

「宇宙船の名前……『モーニングスター』っていうんですか……

サミィさんの雰囲気《ふんいき》にぴったりの名前ですね」

ぴぴぴくっ！

言ったマーティンのことばに、サミィはわずかに引きつって、彼の方をジト目で眺《なが》め、

「……あの……ひょっとしてマーティンさん……

今、『モーニングスター』って名前聞いて、武器のトゲ付き鉄球《モーニング・スター》とか思い浮《う》かべたりしなかった……？」

「……違《ちが》うんですか？」

「朝に輝《かがや》く星のことよっ！　明けの明星《モーニングスター》って奴っ！

とゆーか、なんであたしのイメージが、トゲ付き鉄球とぴったりなのよっ⁉」

「……あ……いや……それは……あはは……

名前の由来は明《あ》けの明星《みょうじょう》でしたか……

イーザーさんの雰囲気にぴったりですね」

「ちょっと待ておっさんっ！　どーいう意味よっ！」

「……ま……まあまあ……それはどうでもいいとして……

けど宇宙に行くということは、ダストブローに向かうんですよね」

「あたしにとってはどーでもよくはないっ！　話をそらそうったってムダよっ！」

「……す……すいません……気に障《さわ》ったなら謝《あやま》ります……」

「……いや……いきなり素直《すなお》に下手《したて》に出て来られると……

……まあいいわ。

で、そのダストブローって……たしか、政府が管理してるのよね……」

この惑星《ほし》に来た時、調べたデータを思いだし、サミィは尋《たず》ねる。

惑星《わくせい》改造や公共事業のため、あちらこちらから引っぱって来た小惑星たち――

採掘《さいくつ》され尽《つ》くし、役目の終わったそれらはまとめて、この惑星、フリードの軌道上《きどうじょう》を漂《ただよ》って
いる――いわば、宇宙のゴミ捨て場。

外宇宙にでもほうり捨てた方がいいのだが、コストだの政治的思惑《おもわく》だのがからんで、それは実現できないでいる。

現在は保安のために、総督府《そうとくふ》が管理し、その空域は立入禁止——というのが、公式に発表されていることではあるのだが……

「……ンなところにラガインの基地があるっていうことは……よっぽど組織と政府とのつながりが深い、ってことね……」

うがった見方をするならば、そこにラガインの拠点《きょてん》が設置されてるがゆえに、政府は何かと理屈《りくつ》をつけて、そのままにしている、というものの見方もできる。

「……あ……でも、そういえば……」

ふと思い出したようにマーティンは言う。

「……大丈夫《だいじょうぶ》なんでしょうか……？　勝手《かつて》に侵入《しんにゅう》して……？　確かあそこって、立入禁止のはずですし……」

「何言ってんのよ。マーティンさん」

不安顔の彼に、しかしサミィは笑顔で、

「大丈夫なわけないじゃない。法律違反《いはん》だし」

「いやきっぱり言われても困るんですが！」

彼の不安の色が濃《こ》くなる。

「……まさかとは思いますが……軍の宇宙船《ふね》と戦う、なんてことには……？」

「大丈夫大丈夫。

うちの宇宙船《ふね》、そのあたりの軍艦《ぐんかん》二、三隻程度なら、なんとか相手にできるから」

「やっぱり戦うんですかっ⁉」

「いや、もしもの時にも安心、って話よ。

戦うか戦わないかはまあ……状況次第《じょうきょうしだい》、ということで……」

「……なんか……滅茶苦茶《めちゃくちゃ》えらいことになってるような気がするんですが……」

「まぁたまた今さら。

国と組織が裏でしっかりつながっている。

そのことをじゅーぶん承知の上で、組織にさらわれた娘さん取り返してほしい、なんて依頼した時点で、国と組織の両方相手にしたよーなもんじゃないですか。

あ。けどご心配なく。

娘《むすめ》さんが戻《もど》ったら、アフター・サービスとゆーことで、お二人ともども、どっか別の、組織の手が届《とど》かない惑星《ほし》にお連れしますから。

そこから先は――まあ、がんばってください」

「ああああああああああああああ。」

もはや何をどう言っていいのかわからず、頭を抱《かか》えて呻《うめ》くマーティン。

対してサミィはほがらかに、

「さて。マーティンさんも心から納得《なっとく》してくれたことだし。そいじゃあイーザー、早速宇宙に向かって出発よっ！」

「もう向かっているが」

「…………へ……？」

言われて窓の外に目を転じれば、たしかに機体は上昇《じょうしょう》を続け、眼下に雲を従えている。

「手際《てぎわ》がいい……っていうか気が早いっていうか……」

「ゆっくりしてはいられんだろう。できれば面倒《めんどう》ごとは少ない方がいい」

「……どういうこと？」

「あの男が来るまでに、コリィ＝ステアーの救出を完了《かんりょう》するのが理想的だ、ということだ」

「あの男……って、ロートレック!?」

「当然あの男は、自分のタイム・リミットのことを知っていた。我々二人と連戦して倒《たお》す時間はないと判断《はんだん》したのだろう。だからマーティン氏に、ダストブローのことを教え、手を出さなかった」

「……なるほど……」

サミィは言った。

その瞳《ひとみ》に闘志《とうし》をたたえて。

「決着は宇宙で——ってわけね……」

「失礼します！　緊急《きんきゅう》の用件です！」

ドアのノックと秘書の声とは、ほとんど同時だった。

「……ふむ……」

ラガインは、眉《まゆ》を寄せてつぶやいた。

来客中だということは、むろん秘書《かれ》にも言ってある。

にもかかわらずやって来て、加えてこのあわてよう、ということは——

「——入れ」

声に応《こた》えて扉《とびら》を開けて、秘書の男は早足で、ラガインのもとへと歩みゆく。

耳打ちをしようとして——

「かまわん。言え」

「……は……」

秘書は、客の方に、ちらりと一瞬《いっしゅん》目をやってから、

「その……ロートレックが……

宇宙に行ったようです」

「はあ⁉」

さすがに声を上げるラガイン。

「なんでそうなる⁉　どういうことだ⁉」

「現場の方も混乱していて……理由はよくわからないらしいのですが……

さきほど突然《とつぜん》、トライベイ・シティ宇宙港の、我《わ》が社の連絡艇《シャトル》発着場にふらりとやって来て

……無理矢理《むりやり》シャトルを発進させたそうです」

「誰《だれ》か止めようと思わなかったのか⁉」

「組織の仕事だ。協力しないなら反逆とみなして罰《ばつ》を与《あた》える……などと言って脅《おど》したようです。

そう言われると……奴《やつ》のことはみんな知ってますから……

止められる奴はいないでしょう……」

「……それで……？　奴はどこに行くと？」

「それが……ダストブローへ行く、と言っていたようなのです……」

「何⁉」

ラガインの声が一層高くなる。

「ダストブロー⁉

……そうか……そういうことか……」

ロートレックには、よそから来たなんでも屋の始末《しまつ》を担当させていた。

しかし成功のしらせはいまだ無く、そして、なんでも屋たちの捜す娘《むすめ》は――ダストブローの施設《しせつ》にいる。

ならば。

なんでも屋たちが、どうにかして娘の居場所をつき止め、そのことを知ったロートレックがダストブローへと向かったのだろう。

ラガインはそう判断《はんだん》した。

むろん実際は、ロートレックが、サミィやイーザーと戦いたいがために、娘の居場所を教えたのだが、さすがにラガインもそこまでは思いつかない。

「……ということは当然……

なんでも屋どももそこに向かっている、ということになるな……

ダストブローの施設に教えてやれ！

よそから来たなんでも屋の宇宙船《ふね》が、そっちに向かっている。沈《しず》めろ、とな！」

「はい！」

「それと……

テオドアにも話を通しておけ！　ダストブローが戦場になる可能性があるが……そうだな、流れの宇宙海賊《かいぞく》同士の抗争《こうそう》、ということにでもしておいてくれ、とな」

ティコ連邦《れんぽう》から派遣《はけん》されている総督《そうとく》の名を出し、指示をする。

「わかりました！　それで……ロートレックの方は？」

「とりあえずほうっておけ。なんでも屋を始末《しまつ》してからの話だ」

「では、早速そのように！」

秘書は一礼を送ると、きびすを返し、部屋《へや》をあとにした。

ばたむ。

扉《とびら》が閉まったそのあとで。

……ふぅ……

ラガインは小さなため息をついた。

秘書の出ていった扉《とびら》を眺《なが》めて、

「……あいつの言った通りだったな……

ロートレックの馬鹿《ばか》を送ったのは失敗だったかもしれん。

今度も高くつきそうだ……」

「あいかわらずですかね。あの男は」

言ったのは、それまで沈黙《ちんもく》を続けていた来客だった。

「ああ。あいかわらずのようだよ。博士《ドク》。

……友達というわけじゃあないんで、よくはわからないがな」

ラガインは、肩《かた》をすくめて客に目をやる。歳《とし》の頃《ころ》なら四十前後、ひょろ長い長身で、眼鏡《めがね》に白衣の男だった。

「……とはいえ……

ロートレックの奴《やつ》、今回は妙《みよう》に手際《てぎわ》が悪い。

今までは、あいつを送って、それほど長生きをした相手はいなかったのだがな……」

「ふむ……なんでも屋、とか言っておられましたが？」

「ああ。なんと言ったかな……

たしか、クロフトの子会社で……」

「──シェリフスター……」

その名をつぶやいたのは、白衣の男の方だった。

「知っているのか!?　コラード!?」

「ええまあ」

コラードと呼ばれた男は、指で眼鏡をずり上げて、

「……その連中の資料はありますかな？」

「ああ。確か……」

ラガインは机の引き出しを漁《あさ》ると、書類を取り出して渡《わた》す。

「……ふむ……」

イーザーとサミィの、顔写真つきの名刺《めいし》を眺め、コラードは納得顔《なっとくがお》でうなずいた。

「……私の想像が正しければ……

ロートレックを送ったのは正解ですよ」

「どういうことだ？」

「……タイミングがいいというか何というか……

これから話をしようか、という時にこう来るとは……」

「話が見えんぞ。博士《ドク》。わかるように説明しろ」

多少いらつきながら、ラガインは言った。

この博士の、尊大で、持ってまわったものいいは、いまだ好きにはなれないのだが、科学者としての才能は群を抜《ぬ》いている。

そうそう粗末《そまつ》にも扱《あつか》えない。

「……つまり、早い話が。

さきほど途中《とちゅう》まで話をしていた、惑星《わくせい》ファーサイドの試作実験工場の壊滅《かいめつ》——

それをやったのが、こいつらの仲間、『シェリフスター』の別の二人だ、というわけですよ」

「なっ……⁉」

ラガインは、思わず声を上げていた。

つい何日か前、別の惑星にある、組織の試作実験工場が、トラブルシューターの襲撃《しゅうげき》を受けて壊滅していた。

警備責任者は生死不明。

所長という肩書き《かたが》を背負っていたコラードが、研究資料などとともに、この本部に戻《もど》ってきたのだ。

そこでラガインはコラードに、詳《くわ》しい状況《じょうきょう》を聞いて――いや、聞こうとしていたところだったのだが――

「あちらでもこちらでも……か……」

どう思う？　コラード。

たまたま、というには、タイミングが良すぎると思うのだが」

「さあ。

私はあくまでも科学者ですから。

シェリフスター……いえ、クロフト社が何をもくろんでいるか、などはわかりませんな。

ただ、言わせてもらえるならば、この二人――」

コラードは、書類の、サミィとイーザーの写真を指し、言った。

「決して甘《あま》く見ない方がよろしいな。

私が出会った、もう片方のチームのうち、少なくとも一人がそうだったように――

この二人もまた。
クロフト社のつくりあげた生体兵器《バイオウエポン》の公算が高い」

二　其は獣の運命《さだめ》を抱《いだ》きし者

開いた扉《とびら》のその先は、コントロール・パネルの並ぶ艦橋《ブリッジ》。

正面と左右のほぼ全面を占《し》める、巨大《きょだい》な画面《ディスプレイ》に映し出された外景は――

宇宙。

左下には、惑星《わくせい》フリードの青い地平が見えている。

「おっはよーっ！　みんなっ！」

元気に言ったサミィの声に、その場にいた二人――イーザーとマーティンがふり返る。

別に寝坊《ねぼう》をしたわけではない。

ロートレックから受けた傷を癒《いや》すため、生体《バイオ》ジェルを満たした医療用《いりょうよう》ポッドで、傷の回復をしていたのだ。

背中は自分では見えないが、腕《うで》のキズは、あとさえ残さず治っている。

――むろんそれは、サミィ自身の自己治癒《ちゆ》能力がもともと高いおかげもあるが。

「治療《ちりょう》は済んだか？」

「完っ璧《かんぺき》っ！」

問うイーザーにガッツポーズで答え、サミィは操縦席《そうじゅうせき》へとついた。

——恒星間宇宙船《スターシップ》『モーニングスター』。

一同がいるのはそのブリッジだった。

全長三二〇メートルに及《およ》ぶその宇宙船こそが、サミィとイーザーの家でもあり、基地《ベース》でもあった。

むろん、既製品《きせいひん》ではない。

本来この大きさの宇宙船《ふね》は、動かすにもそれなりの人数が要《い》るのだが、これはサミィとイーザーの二人だけでも操《あやつ》れるようになっている。

「状況《じょうきょう》は？」

コントロール・パネルをチェックしながらサミィが問う。

『ドラグゥーン』で宇宙に出て、『モーニングスター』とランデブーしたあと。

すぐに医療用ポッドに入った彼女には、状況がいまひとつわからない。

「もうすぐ見えるそうです」

予備シートから、マーティンが答える。

「そろそろモニターでも捕《と》らえられる距離《きより》だ」

イーザーが言ってパネルを操作する。

メイン・ディスプレイの画像が切り替《か》わり、そこに映し出されたのは、黒い虚空《こくう》を漂《ただよ》う岩塊《がんかい》の群れ。

「これが……ダストブロー？」

この小惑星《しょうわくせい》の吹き溜《ふだ》まりが、人工的なものだということはすぐにわかった。岩塊《いわ》と岩塊《いわ》とが、規則正しく並んだまま、同じ速度で漂《ただよ》っているのである。

「小惑星同士を、ワイヤーアンカーで連結し、散乱するのを防いでいるらしい」

イーザーが解説する。

「軍や警察は駐留《ちゆうりゆう》していない」

「……なら……戦わなくてもいいんですね……」

ほっとした顔でつぶやくマーティンに、サミィがぼそりっ、と、

「……軍や警察とは、ね」

「……え……？」

「ここに基地があるのなら、とーぜん組織は、それなりの戦力を置いてるはずよ」

「そ……それなり、って……どれくらいの……？」

「さあ……そればっかしは……

出会ってみないとわかんない、ってね」

「少なくとも、戦闘機《せんとうき》一ダースの戦力はある」

横からぽつりとイーザーが言う。

「そこまで調べがついてんの？」

「いや」

サミィの問いにかぶりを振《ふ》ると、冷静な口調《くちょう》で、

「ダストブローの空域に、たった今、出現したのを確認《かくにん》した」

…………

『なにぃぃぃいいぃぃぃぃっ⁉』

同時に叫《さけ》ぶサミィとマーティン。

「ちょ……！　ちょっとイーザーっ！　本当⁉」

「嘘《うそ》をつく意味はない」

「……って、こーいう時はもーちょっとあわてるもんよっ！　ふつーはっ！」

「そうか」

愛想《あいそ》もミもフタもない答えを返しながらも、イーザーの両手は、目まぐるしく、コントロール・パネルの上を滑《すべ》っている。

「とにかく、となれば戦闘準備よっ！」

言ってサミィもパネルを操作した。

そばのディスプレイをレーダー表示に切り替《か》えれば、岩塊の表示に混じって、たしかに動くものの影《かげ》。

　カウンター表示によれば、その数十五。

「ちょっとイーザーっ！　一ダースって言ってたけど、十五機もいるじゃないっ！」

「今増えた」

「あ。そ。

……ま、どっちにしても、この船を相手にするには少なすぎるけどねっ！」

「……あの……私はどうすれば……」

　おずおずと問うマーティンに、サミィはふり向きもせずに、

「いーから黙《だま》って座《すわ》ってて」

「はい」

「で、イーザー、敵の発進位置は特定できた？」

「小惑星《しょうわくせい》の一つだ」

「オッケイ。ならそこが——連中のアジトってわけねっ！」

「誤誘導《ミスリード》という可能性もある」

「……いやまあ……

　なんにしてもっ！

　敵をさくさくぶち落としていけばオッケーよっ！」

　間違《まちが》ってはいないのだが、えらくおおざっぱなことを言う。

その間にも、発進してきた戦闘機群《せんとうき》はダストブローを抜《ぬ》け、こちらとの距離《きょり》を詰《つ》めている。

「おしおしラッキィ！　テキはショートよっ！」

戦闘準備を進めつつ、獲物《えもの》を見つけた獣《けもの》のように、小さく舌なめずりをするサミィ。

大型艦《かん》と戦闘機とでは、機動力に格段の差がある。

敵としては、その長所が活《い》かせるように、こちらをダストブローの内部まで引き込んでから、攻撃《こうげき》をしかけた方が有利なのだ。

そんなことさえできていないということは――相手のパイロットは、経験したことのない実戦で舞《ま》い上がっているのだろう。

「敵戦闘機識別。『ライトニングワスプ』タイプと確認《かくにん》」

イーザーは言った。

たしか、ティコ連邦軍《れんぽうぐん》が制式採用している宇宙戦闘機である。

そういえば、彼が倉庫で戦ったパワード・スーツも、ティコ連邦軍の旧型機だった。

「――軍から組織への、兵器の横流しが行われていると予想される」

「こーまであからさまに癒着《ゆちゃく》してると、いっそ気持ちいいくらいね」

「気持ちいいのか？」

「真顔で聞かないっ！　冗談《じょうだん》よっ！

――それより敵との距離は!?」

「敵部隊、主砲《しゅほう》射程突入《とつにゅう》まであと三十」

「主砲《しゅほう》、および、シールドとアサルトアンカーの準備もお願いっ！」

「了解《りょうかい》した」

双方《そうほう》の距離《きょり》は縮《ちぢ》まって——

「敵部隊、主砲射程内に突入《とつにゅう》」

「まだまだっ！　もーちょっと引きつけてっ！」

吠《ほ》えてサミィはディスプレイをにらむ。

距離はどんどん詰《つ》まりゆき、それでも二人は動かない。

後ろでじっと眺《なが》めている、マーティンの不安は増すばかり。

「敵の予想射程突入まであと三十」

イーザーがそうカウントした時。

はじめて彼らは動きを見せた。

「主砲全門一斉掃射《いっせいそうしゃ》っ！」

サミィが吠える！

『モーニングスター』各部に設置された、二十にものぼる自動砲座《ほうざ》。

生体《バイオ》コンピューターで制御《せいぎょ》され、軍の重巡洋艦並《じゅうじゅんようかんな》みの出力を持つそれらが、一斉に光の槍《やり》を解《と》き放つ！

それは向かい来る戦闘機《せんとうき》の群れへと突《つ》き刺《さ》さり――いくつもの光芒《ひかり》を虚空《そら》に開かせる。

「四機撃墜《げきつい》」

淡々《たんたん》としたイーザーの報告。

「主砲砲撃停止《ほうげきていし》！　正面方向にシールド展開！」

サミィの声が響《ひび》き渡《わた》る。

『モーニングスター』の正面の空間が一瞬《いっしゅん》ゆらめき、不可視のシールドを展開する。

これで正面から近づいてくる戦闘機の攻撃《こうげき》は当たらない。

とはいえむろん、これではこちらの主砲も使えないし、正面にのみ部分展開したシールドなど、まわり込まれればいともあっさり突破《とっぱ》される。

「敵射程内に突入。部隊散開」

イーザーの冷静な声。

シールドの展開を察した敵は、まわり込んでしかけてくるつもりらしい。

そこを狙《ねら》って、サミィは叫《さけ》ぶ。

「アサルトアンカー起動っ！」

『モーニングスター』外装の各部にある、紡錘形《ぼうすいけい》のパーツが本体から分離《ぶんり》した。

普通《ふつう》の戦闘機よりもかなり小ぶりで、その数はおよそ二十。

といっても、完全に分離したわけではなく、ワイヤーで本体と繋《つな》がったまま。

戦闘機並の推進機を装備したそのシルエットは、確かに錨《アンカー》に似た形《シルエット》を持っていた。

だがその正体は、推進機を装備したビーム発振《はっしん》ユニット。

いわば、ワイヤー付きの機動砲台《ほうだい》である。

エネルギーの供給と砲座《ほうざ》のコントロールを、ワイヤーを通して『モーニングスター』本体から行っているせいで、砲座の部分は、移動範囲《はんい》こそ限定されるものの、こと小回りに関しては、通常の戦闘機をはるかに凌駕《りょうが》する。

「発射《ファイア》っ！」

シールドの陰《かげ》から顔を出したアンカーが、向かい来る敵に向かって火を吐《は》いた！

予想外の攻撃《こうげき》に、数機が一瞬《いっしゅん》にして、光の華《はな》と化し、虚空《そら》に散る。

『モーニングスター』はシールドの陰からアンカーで砲撃《ほうげき》を続けつつ、無造作に敵との距離《きょり》を縮《ちぢ》めてゆく。

さらに数機が、アンカーからの砲撃で撃墜《げきつい》されるが――

残った機体は展開し、シールドをまわり込んで、ミサイルの群れを解《と》き放つ！

しかし、距離がありすぎた。

『モーニングスター』のばら撒《ま》いた対《アンチ》ミサイル弾《だん》の群れが、向かい来るミサイルのことごとくを余裕《よゆう》でたたき落とす。

これで戦闘機には、もはや武装はビームバルカンしか残っていない。

たとえそんなものが当たっても、『モーニングスター』の装甲《そうこう》を多少削《けず》るのが関《せき》の山だろう。

さすがにこうなっては、もはやかなわぬと悟《さと》ったか、残った戦闘機《せんとうき》たちはあわてて機首を反転し、退却《たいきゃく》をはじめた。

そのあとを追う形で、ダストブローへと向かう『モーニングスター』。

圧勝——いや、勝負にさえならなかったといってもいいだろう。

しかし、いつも無表情のイーザーはともかく、サミィの表情《かお》もあまり冴《さ》えない。

「なんとかなったみたいですね」

一人、ほっと胸をなで下ろすマーティンに、しかしサミィは、

「まだよ。たぶん」

「……え……?」

「最初はあたしも『シロート相手でラッキー』とか思ったけど……いくらなんでもあっけなさすぎるわ」

「……この宇宙船《ふね》が強すぎるんじゃあ……?」

「——だといいんだけど。

罠《わな》の可能性の方が強いわね」

「罠……!? ですか……!?」

「こっちが調子に乗ってほいほい突《つ》っ込《こ》んでいくと——って奴《やつ》。

ともかく、用心するに越《こ》したことはないわね。

イーザー！　スピード落として！　センサー動員して進路を探査！

逃《に》げた戦闘機《せんとうき》がどの岩塊《いわ》にとりついたか、チェック忘れないでね！」

減速した『モーニングスター』をふり切り、ダストブローへと逃げ込む戦闘機たち。

「戦闘機の到達《とうたつ》位置がわかった。出現したのと同じ小惑星《しょうわくせい》だ」

サミィの手もとのディスプレイに、ダストブローの概略図《がいりゃくず》と、問題の小惑星の位置とが表示される。

全体としてはややいびつな球形をしているダストブローの、中心までは行かないが、奥《おく》まった部分にある岩塊《がんかい》の一つだった。

「……本気で罠《わな》くさいわね……

ほかに怪《あや》しいところってないの？

たとえば……温度が、ほかの岩より高いところ、とか……」

「各種センサーでひと通り調べたが、それらしい場所はない。

カムフラージュくらいはしているだろう」

「……ふぅん……

仕方ないわね。

じゃ、その岩のところまで行ってみましょーか」

岩塊《がんかい》は、大きなものでは全長十キロメートル以上に及《およ》ぶものもあり、岩塊《いわ》と岩塊《いわ》との間は、平均して約五十キロメートル。

地上でならばかなりの距離《きょり》だが、宇宙においては近距離と言っていい。

『モーニングスター』はゆっくりと、ダストブローへと侵入《しんにゅう》した。

とりあえずの目標としている岩塊は、全長およそ六キロメートル。

内部に何かの施設を隠《かく》すにも、十分《じゅうぶん》な大きさがある。

やがて、問題の岩塊へと近づいてゆき――

「エネルギー反応《はんのう》、目標地点に出現」

イーザーの声が響《ひび》いたのは、かなりま近に迫《せま》った時のことだった。

「出現⁉」

「反応の大きさから見て戦闘機《せんとうき》多数。百は超《こ》えているだろう」

「本命登場ってわけね！　じゃあやっぱりそこが連中の⁉」

サミィが言う。

各種センサー類をくらませる装備を施《ほどこ》した施設《しせつ》から、戦闘機が発進すれば、たしかに『出現』したような反応になるだろう。

「エンジンをカットして待機していた可能性もある」

「宇宙で⁉　自殺行為《こうい》よ！」

「連中は組織の人間だ。常識論は通用しない」

「……とにかく……みんなぶっ倒《たお》すしかないでしょっ！」

手元のディスプレイ表示を、レーダーモードに切り替《か》えて、敵の位置と数とを把握《はあく》――しようとしたそのとたん。

ざざっ！

画面が乱れ、かき消えた。

「――っ！」

「敵の妨害波《ECM》だ」

「ECMの発振《はっしん》地点は!?」

「周囲全部」

「…………………え……？」

あっさりと言われ、サミィは思わず声を上げた。

周囲全部――などと言われても、つい今しがたまで、敵影《てきえい》らしきものは、戦闘機の群れ以外にはいなかったはずだが――

「ワイヤーを使っている」

「ワイヤー？」

あっさりと言うイーザーに、眉《まゆ》をひそめて聞き返すサミィ。

「小惑星《しょうわくせい》と小惑星を繋《つな》ぐワイヤーを、ＥＣＭの伝達・発振に利用している」

「……そー来たか……」

サミィは、ぎり、と奥歯《おくば》を嚙《か》みしめた。

戦闘機《せんとうき》部隊と戦いながら、すべてのワイヤーを断《た》ち切ることなど不可能である。

となれば退却《たいきゃく》か、センサーなしで戦うか。

センサーが使えないのは、むろん敵とて同じだが、近距離戦闘用の戦闘機と、中・長距離戦闘用の艦船《かんせん》とでは、どちらがより影響《えいきょう》が大きいかは言うまでもない。

だが——ここで退却したのでは、意味がないことも確か。

「ＥＣＭは想定しておくべき事態だったな。

『シューティングスター』チームの手を借りるのも良かったかもしれん」

「じょーだんっ！　あんな冷血女とトーフ娘《むすめ》の力なんか借りなくたってっ！

第一、待ってる時間なんてなかったでしょーがっ！

何はともあれやるっきゃないっ！」

センサー類が効かない以上、頼《たよ》りになるのはカメラのみ。

手もとのディスプレイを画像モードに切り替《か》える。

映し出された戦闘機群は——確かにイーザーの言う通り、百を楽に越《こ》えているだろう。

「主砲《しゅほう》、およびミサイル一斉掃射《いっせいそうしゃ》っ！」

光の槍《やり》と、それに続くミサイルの雨は、戦場に光の華《はな》をひらかせる。

今のでおそらく、十やそこらは落ちただろう。

しかし画面で見たかぎりでは、少しも減ったような気がしない。

「おーしこうなったらっ！」

ヤケクソ気味に言うサミィ。

「エンジン出力上げてっ！

アサルトアンカーおよび対《アンチ》ミサイル全門起動っ！

ディバイド・フレア展開準備っ！

連中にぶちかましかけるわよっ！」

「ぶちかまし？」

「一撃離脱《ヒット・アンド・アウェイ》っ！」

ムチャなことを言いはじめるサミィ。

逆ならとにかく、戦艦《せんかん》で戦闘機群にヒット・アンド・アウェイなど、聞いたこともない。

「危険だ。センサーの使えないこの状況下《じょうきょうか》で高速移動すれば、ワイヤーや岩塊に衝突《しょうとつ》する可能性がある。そうなれば『モーニングスター』も保《も》たない」

「がんばってよけてねイーザー！」

さらりとムチャな要求をするサミィ。

「努力してみる」

これまたさらりと引き受けるイーザー。

「…………」

後ろで完全に硬直《こうちょく》するマーティン。

そして――

「いっちゃえいきなり最大加速っ！」

ごっ！

『モーニングスター』のエンジンが吠《ほ》えた！

強烈《きょうれつ》な重力《G》加圧が、三人をシートに押《お》しつける。

戦闘機部隊に突入《とつにゅう》するその直前。

「ディバイド・フレア！」

サミィが吠える。

そして『モーニングスター』は羽根をひろげた！

――羽根――

そう。それは、そうとしか形容できないものだった。

蝉《せみ》の羽根を想《おも》わせる、半透明《はんとうめい》な何かが、船体のまわりに展開したのだ。

その内がわで、『モーニングスター』の主砲《しゅほう》が火を噴《ふ》いた！

自《みず》ら《か》展開した羽根に向かって！

刹那《せつな》。

光は無数に分裂《ぶんれつ》し、かがやく針の雨と化し、戦闘機《せんとうき》群につき刺《さ》さる！

たて続けに閃《ひらめ》く爆光《ばっこう》。

これが大気圏内《けんない》ならば、さぞかし派手《はで》な音が聞こえたことだろう。

——展開した分散《ディバイド》フィールドで、主砲《しゅほう》のビームを、拡散させずに分散させ、無数の対空砲火《ほうか》と化す——

一撃一撃《いちげきいちげき》の威力《いりょく》は低いが、戦闘機相手にならこれは十分致命傷《じゅうぶんちめいしょう》。

「対《アンチ》ミサイル発射！」

各部から発射された弾頭《だんとう》は、発射とほぼ同時に外装が分離《ぶんり》し、中に格納されていた、無数の超小型ミサイル弾をばら撒《ま》いた！

敵の放ったミサイルを、片《かた》っ端《ぱし》から撃墜《げきつい》し、中には戦闘機に当たるものもある。

闇《やみ》に開いた白光の群れを、『モーニングスター』の巨体《きょたい》が貫《つらぬ》く！

がづんっ！

その船体に衝撃《しょうげき》が走った。

「な……何ですか今のはっ!?」

「だいじょうぶっ！」

うろたえるマーティンに言うサミィ。

「たぶん戦闘機とぶつかっただけだからっ！」

「『だけ』って……」

ぐんっ！

続いて、急な方向転換《てんかん》と小さな衝撃。

「じ……じゃあ今のは⁉」

「知らないっ！」

「ワイヤーを完全に回避《かいひ》しそこねてアンテナを数本持って行かれただけだ。問題はない」

今度はイーザーが答える。

さらに――


ごぅんっ！


「…………………………」

今度こそ。

マーティンは、コワくて何も聞けなかった。

サミィが一瞬《いっしゅん》体を硬《かた》くし、レッド・ランプが二つ三つ点《つ》いたように感じたが――たぶん、気のせいなのだろう。きっと。

必死で自分にそう暗示をかける。

加速した『モーニングスター』はダストブローの空域をすり抜《ぬ》け、同時に反転。

制動・加速をかけて、闘牛のごとく、ふたたび突《つ》っ込んでゆく!

戦闘機群《せんとうき》とすれ違《ちが》うと同時に、ミサイルとビームの雨をばら撒《ま》いて、あっという間に通り過ぎ、ダストブローを抜けた地点でふたたび反転。

――大型艦《かん》による、戦闘機部隊への一撃離脱攻撃《ヒットアンドアウェイ》――

くどいようだが非常識である。

しかし非常識ゆえに、戦闘機部隊は混乱をきたしていた。

――強力なECM下で、目標の艦船《かんせん》を攻撃《こうげき》。目標がダストブローより脱出《だっしゅつ》したなら、追撃《ついげき》はせずに待機。

彼らに与えられた基本戦術は、おそらくそんなところだろう。

だが――

見知らぬ兵器を満載《まんさい》し、セオリーを無視して突《つ》っ込んで来て、弾丸《たま》をばら撒き通り過ぎてゆく、通《とお》り魔《ま》のような大型戦艦《せんかん》――

戦闘機のパイロットたちにとって、それは恐怖《きょうふ》以外の何物でもなかっただろう。

本部の指示をあおぐことのできないECMの下では、恐怖はたやすく混乱に化け、士気の低下を招く。

むろん、戦闘機の方も攻撃をしかけているのだが、あまり効いているようには見えないだろう。

実際には『モーニングスター』のブリッジにも、景気よくレッド・ランプが点灯《てんとう》しまくっていたりするのだが。

「おーしっ！　だいぶ抵抗《ていこう》がなくなったわねっ！」

ブリッジで、サミィがガッツポーズを取ったのは、そんなことを幾度《いくど》かくり返したあとのことだった。

「そろそろ敵のアジトに乗り込みましょーかっ！」

「まだ油断はするな」

イーザーが冷静に指摘《してき》する。

「今の勝利は、敵の練度と士気の不足が原因だ。組織のアジトにもいくばくかの戦力が残っていることを考慮《こうりょ》するなら、浮《う》かれていると足もとをすくわれることになる」

「……わかってるわよ……」

「それともう一つ」

「何よ」

「始末書《しまつしょ》の作成はそちらで頼《たの》む」

「う。」

思わず小さく呻《うめ》くサミィ。

あくまで無料キャンペーン——すなわち収入ゼロにもかかわらず、むやみにがんがん弾丸《たま》をばら撒《ま》きまくった上に、主砲《しゅほう》数門とアサルトアンカー二機が破壊《はかい》され、ほかにもいろいろなところにダメージを受けている。

いくら親会社が大企業とはいえ、これはさすがに、バカにならない出費である。

小言《こごと》と始末書《しまつしょ》のダブル・アタックは、ほとんど確実のような気もするが……

「……ま……まあ、そこらへんはあとで考えるとしてっ！」

とりあえず問題を先送りにし、気を取り直して言うサミィ。

「とにかく今はアジトを探して突入《とつにゅう》して、コリィさんを助けるのが先決よっ！」

「了解《りょうかい》した」

言ってイーザーは、探索作業を開始した。

岩塊《いわ》と岩塊とをつなぐワイヤーのうち二本に、ワイヤー付きのセンサーユニットをとりつかせ、発生しているＥＣＭのパターンを読みとる。

そのパターンの流れる、ほんのわずかなタイム・ラグから、どちらがより発生源に近いかを割り出すのだ。

そんなじみちな作業をいくどかくり返し——

「右舷《うげん》の小惑星《しょうわくせい》に変化あり」

イーザーが声を上げたのは、そんな時だった。

切り替《か》えられたディスプレイの中で、岩塊の一部が割れて、戦闘機《せんとうき》が吐《は》き出された。

どうやら、場所を割り出されるのは時間の問題と悟《さと》って、攻撃《こうげき》に転じたようである。

「そこがアジトねっ！」

サミィが吠《ほ》えた。

直径にして五キロほどの岩塊——

そここそが、無数の岩塊にまぎれて設置された、ラガイン・コネクションのアジトだった。

唐突《とうとつ》に。

展開されていたECMがとぎれる。

「拠点《きょてん》からの出撃《しゅつげき》数十。

加えてさきほどの戦闘で散り散りになった戦闘機群、後方の小惑星を盾《たて》にしつつ接近」

「焦《あせ》ってるわねー。

けどっ！　こーなったらこっちのもんよっ！

回頭一八〇度！　全砲門《ほうもん》発射準備！　フォーカスリング起動っ！」

『モーニングスター』はバーニアを吹《ふ》かし、艦首《かんしゅ》を後方の岩塊へと向ける。

船体周囲のリング状のユニットが作動し、不可視の磁場を形成する。

「発射《ファイア》っ！」

正面方向へと向けられた、すべての主砲《しゅほう》を一斉掃射《いっせいそうしゃ》！

本来ならば平行に進むはずのそれらは、リング状の磁場から干渉《かんしょう》を受け、はるか彼方《かなた》、正面にある岩塊の一点に収束された！

後方から集結しつつあった戦闘機《せんとうき》部隊が盾《たて》にしている、直径二キロほどの岩塊である。

それが——一撃《いちげき》で砕《くだ》け散った！

大小に飛散した岩は、つぶてとなって、戦闘機群に降りそそぐ！

盾にしていたものがいきなりつぶてとなって飛来したのだ。回避《かいひ》しきれず、何機もが、岩にぶつかり爆砕《ばくさい》する。

どんっ！

刹那《せつな》遅《おく》れて衝撃波《しょうげきは》が『モーニングスター』の船体を襲《おそ》うが、こちらはその装甲《そうこう》と巨体《きょたい》ゆえ、さしたる影響《えいきょう》もない。

——本当は最初からこのテが使えればよかったのだが、組織のアジト——コリィの居場所がわからぬままに使うわけにはいかなかったのだ。

戦闘機群を倒《たお》すため、小惑星《しょうわくせい》を爆砕してみたら、そこがコリィのいた場所でした、などということになっては笑えない。

つづいて『モーニングスター』は、アジトから発進してきた戦闘機の迎撃《げいげき》にかかる。

虚空《そら》を貫《つらぬ》くビームの光が、ばら撒《ま》かれた弾頭《だんとう》が、群れ来る翼《つばさ》を引き裂《さ》き、鉄クズへと化す。

完全に士気の落ちた戦闘機群が、崩《くず》れ落ちるのは早かった。

中には気迫《きはく》とヤケとをはきちがえ、まっ正面から突《つ》っ込んで、主砲を浴びて蒸発したのも二機三機。

ほどなく戦闘機群は、その大半を墜《お》とされて、残ったものも逃《に》げ出したか、あるいはどこかへ隠《かく》れたか、完全に鳴りをひそめた。

「おっし！　そいじゃあそろそろ乗り込みますかっ！」

ぱんっ！　と手を打つサミィのことばに、イーザーが、静かにシートから立ち上がった。

「私が行く。サミィはここに残れ」

「……へ……？」

勢いをそがれ、気の抜《ぬ》けた声を漏《も》らすサミィ。

「敵の宇宙戦力がこれで壊滅《はかい》したとは限らん。

なら、ここを無人にするわけにはいかん。

そして、敵のアジト内の戦力は不明。

ならば、肉体的な戦闘能力が高い方が乗り込むのが合理的だ」

「……はっきり言ってくれるじゃないの……」

サミィは苦笑し、

「――わかったわ。援護《えんご》はまかせて。こっちが主砲《しゅほう》で基地のゲートをぶっ壊《こわ》すから、突入《とつにゅう》と……コリィさんの救出、お願い」

「了解《りょうかい》した。『ドラグゥーン』で出る」

言うとイーザーは身を翻《ひるがえ》し、ブリッジをあとにしたのだった。


――そこには、異様な静寂《せいじゃく》が満ちていた。

岩塊の一つをくり抜《ぬ》き、つくられた、ラガイン・コネクションのアジト。

航宙機の発着所《ポート》となっているそこには、シャトルとおぼしき数機があるばかり。

戦闘機《せんとうき》はすべて出払《ではら》ったらしく、少なくともここには見当たらなかった。

迎撃《げいげき》部隊の姿はないが、まあ、当然といえば当然だろう。

こんなところにこっそり兵を配していたら、『ドラグゥーン』がミサイル一発ぶっ放したら全滅《ぜんめつ》である。

イーザーは、装甲服《アーマースーツ》を身に纏《まと》い、いともあっさり上陸した。

黒いスーツとヘルメットは、宇宙服を兼用《けんよう》している。

耐弾《たいだん》性能よりむしろ、動きやすさを重視した設計になっており、装甲《そうこう》が覆《おお》っている部分は、通常のアーマースーツに比べると、極端《きょくたん》に少なくなっている。

武器は左手のビームライフル、そして右手の分子振動《しんどう》ナイフ。

——こんな所に『ドラグゥーン』を置いておいては、破壊《はかい》されるだけである。

イーザーは脳波コントロールで、機体をポートの外に出す。

こうしておけば、たとえ外で戦闘機などに狙《ねら》われたとしても、サミィがなんとかしてくれるだろう。

ポートの奥《おく》は無人の通路。延《の》びる廊下《ろうか》に並ぶドア。

ところどころに設置された監視《かんし》カメラが、静かに首を振《ふ》っている。

施設内《しせつない》にはほぼ一G——地上と同じくらいの人工重力が働いていた。

アジト、とは言うが、一体何の施設なのか。

白い通路《みち》。白い天井白い壁《かべ》。

病院か研究施設を想《おも》わせるが、病院でないことは確かである。

ならば、答えは一つ。

奥に向かって歩き出そうとしたその時。

いくつもの気配がこちらにやって来る！

通路のはるか向こうの角から、銃《じゅう》を手に手に現れたのは、装甲服の男たち。

しかし。

イーザーは無造作に歩みを進めつつ、左手一本でビームライフルを保持《ホールド》し、たてつづけにトリガーを引き絞《しぼ》る!

『がっ⁉』

『げはぁっ!』

光が虚空《こくう》を貫《つらぬ》くたびに、飛び出してきた男たちは、声を上げ、一人また一人と確実に倒《たお》れてゆく。

すべて、装甲《そうこう》がカバーできていない部分を正確に貫《つらぬ》かれて。

業《ごう》を煮《に》やした一人が、何かを投げ放とうとして——

その手を、イーザーの放つ光が貫いた!


ごぉんっ!


それ——手榴弾《しゆりゆうだん》は、爆音《ばくおん》と金属片とを撒《ま》き散らし、男たちの方をまともに吹《ふ》っ飛ばす。

同時にイーザーがダッシュをかけた!

常識外れのスピードで、一気にその距離《きょり》を詰《つ》め、男たちの中に突《つ》っ込んだ!

こうなると、爆発《ばくはつ》の衝撃《しょうげき》ダメージが抜《ぬ》けていない彼らに、対応できるわけもない。

銀の刃《やいば》が閃《ひらめ》くたびに、一つの命が途絶《とだ》えて消える。

あっさりと。

最初の一団を殲滅《せんめつ》し、イーザーは角を曲がって通路を駆《か》ける。

男たちがやって来たということは、こちらが施設中枢部《しせつちゅうすうぶ》の可能性は高い。

ほどなく次の一団が、イーザーの前に現れるが――

やはりこれも、敵ではない。

まるでアクション映画のように、いともたやすく、あっけなく。

警備兵たちは次々と倒《たお》れゆく。

ケタ違《ちが》いの運動能力を持った、イーザーだからこそ可能な業《わざ》である。

片《かた》っ端《ぱし》から部屋《へや》を当たり、通路を駆《か》け抜け――

『――!?』

刹那《せつな》。

駆けていたイーザーは、いきなり大きく後ろに跳《と》び退《すさ》る！

同時に――

ごぅんっ！

たった今までいたあたりの壁《かべ》が、轟音《ごうおん》とともに爆砕《ばくさい》し、開いた穴から、彼の方に向かって影《かげ》が飛び出す！

左手のライフルが動く。

しかしイーザーが影《かげ》をポイントするより早く。

めぎっ！

それは一気に間を詰《つ》めて、銃身《じゅうしん》をにぎり潰《つぶ》した！

「ヤボな武器は使いっこなしだぜ！」

そして響《ひび》く、聞き覚えのある声。

イーザーは瞬時に、銃を放して後ろに跳《と》んでいた。

やがておさまりゆく爆発《ばくはつ》の煙《けむり》の中から、姿を現したのは――

言うまでもない。ロートレック。

おそらく『モーニングスター』がＥＣＭ下で、戦闘機《せんとうき》群と戦っているすきに、先回りをしたのだろう。

こんな状況《じょうきょう》でも、いつものくたびれたスーツ姿である。

もっとも、体の大部分を機械と化した彼には、アーマースーツなど無用なのかもしれないが。

「楽しくやろうよ！　なあ！　兄ちゃん！」

言うなりロートレックは、両の手にしたナイフでイーザー目がけて切りつける！

すでに脳内に薬品を注入し、増幅《ブースト》モードに入っているのだろう。

その動きは、普通《ふつう》の人間など及《およ》ばぬほどに鋭《するど》く、速い。

ざぎんっ！

刃《やいば》のぶつかる鋭い音。

そしてイーザーはふたたび大きく後ろに退《さが》り、ロートレックと距離《きょり》を取った。

左手で、スーツの首のあたりを触《さわ》り――

ぷしゅっ。

小さな音を立て、彼の頭を覆《おお》っていたヘルメットがいくつにも分かれ、アーマースーツの襟《えり》に格納された。

「つきあっている時間はない」

言うなりダッシュをかけるイーザー！

不敵な笑《え》みを浮《う》かべて迎《むか》えるロートレック！

瞬間《しゅんかん》。

ロートレックの目が、イーザーの動きをとらえそこねた。

薬品で、能力を上げたはずの、彼の目が。

――なんだ!?

ロートレックの背に悪寒《おかん》が走る。

半ば本能的な――恐怖《きょうふ》。

とっさにロートレックは、大きく横に跳んでいた。

ざぎんっ！

音と衝撃《しょうげき》は、同時に来た。

右半身が衝撃に押《お》され、体が半回転する。

一体何が起こったのか。

ロートレックが理解したのは、一瞬《いっしゅん》の後だった。

薙《な》がれたのだ。

イーザーの刃《やいば》に。

右脇腹《みぎわきばら》を。その右腕《みぎうで》ごと。

ナイフを握《にぎ》ったままの右腕が床《ゆか》に落ち――

そしてロートレックは床へと倒《たお》れた。

脇腹の傷は――深い。

――この……男……

ロートレックが視線を送るその先には。

もはや彼には見向きもせずに、駆《か》けゆくイーザーの背があった。

「ロートレックが……やられた⁉」

施設《しせつ》の所長――ザイベックは、モニターに映し出された映像に、愕然《がくぜん》とつぶやいていた。

薬によって増幅《ぞうふく》されたロートレックの反射速度は、常人のそれをはるかに上回る。

その反射速度に対応できるよう、体のあちこちをサイボーグ化し、まさに無敵の狂戦士《バーサーカー》となっていた――はずだったのだ。

そのロートレックを――

モニターに映った男は、一瞬にして屠《ほふ》り去ったのだ。

ロートレックの方に何かのトラブルがあった、というわけではない。

その瞬間《しゅんかん》。銀髪《ぎんぱつ》の男が一体何をしたのか。

モニターを通して見てさえ、よくわからなかったのだ。

わかったのは、常識はずれの速度で駆け抜《ぬ》け――ロートレックが倒れた。ただそれだけ。

原因を分析《ぶんせき》している時間はない。男は奥《おく》へと進んでゆく。

しかし、普通《ふつう》の警備員を送り込んだところで、とうてい倒せる相手だとは思えない。

「……ならば……こういうテはどうかな？　ヒーローさん」

つぶやいて、ザイベックは指令を下した。


何かの研究室。

薬品の、あるいは標本の並ぶ部屋《へや》。

ロートレックを斬《き》り倒《たお》し。部屋《へや》を片端《かたはし》から開け放ち、イーザーは奥《おく》へ奥へと進みゆく。

どういうわけかロートレックに出会ってから、敵の抵抗《ていこう》がとだえている。

いくらなんでも、あれで戦力が尽《つ》きた、などということはないだろう。

となればどこかで戦力を集中し、迎撃《げいげき》してくるに違《ちが》いない。

おそらく——施設中枢部《しせつちゅうすうぶ》の前で。

問題は、それまでにコリィを捜し出すことができるか否《いな》か、である。

目的は、施設の破壊《はかい》ではなく、彼女の救出。

——いや。あるいは逆に、彼女が死亡しているという確証でもよいのだ。その時点で依頼《いらい》の完遂《かんすい》は不可能となり、契約は消失する。

だが、警備以外の人間は、どこかに退避《たいひ》でもしたのか、通ってきた部屋の中には人の姿は皆無《かいむ》だった。

だむっ！

イーザーは、手近なドアの一つを開ける。

しかしそこもまた無人——

ついしばらく前までは、誰《だれ》かがいたことは確実だった。

いくつものコンピューター端末《たんまつ》が、点《つ》いたままで立ち並び、デスクには、まだほのかに湯気《ゆげ》を上げているコーヒーのカップが置きざりにされている。

「――」

イーザーは端末の一つに歩み寄り、キーボードを操作する。

流れては瞬時《しゅんじ》に消えゆくデータの中に――

「…………」

イーザーは、見おぼえのあるものを見出し、一瞬《いっしゅん》手を止めた。

表示された、何かの化学式らしきもの。

それは、彼が以前、野球場で組織の人間から奪《うば》ったディスクに記録されていたデータと酷似《こくじ》していた。

だが――そうとだけ見て取ると、かまわず彼はふたたびキーボードを操作する。

ここで何を研究しているか、などイーザーには興味ない。

ただ、任務の遂行《すいこう》あるのみである。

そしてふたたび手が止まる。

数字の並んだ表データ。そこに、一つの見出しがあった。

『被験体《ひけんたい》No.』

それぞれの名前は記されていない。ただ、数字の羅列《られつ》があるのみ。

しかし――

これで、この施設《しせつ》で何かの生体実験が行われていることははっきりした。

となればコリィは、その『被験体《ひけんたい》』のうちの一人だという可能性が高い。

さらにデータを調べ、彼らの収容されている区画《くかく》を割り出すと、イーザーは部屋《へや》をあとにした。

通路をゆく。

いくつもの扉《とびら》の前を過ぎ。

抵抗《ていこう》は——いまだない。

やがて、曲がった通路の先に、並んだドアが見えて来る。

イーザーは、手近なドアに手を伸《の》ばし——

ドアは、中から開いた。

一つではない。

あたりのドアが。片端《かたはし》から。

まるで死人の足取りで、その奥《おく》から次々と歩み出たのは、白衣を纏《まと》った人々だった。

と言っても研究者ではない。

彼らの纏う白衣は、研究者用のものではなく、むしろ、患者《かんじゃ》が身につけるもの——

十人ほど、だろうか。

男もいる。女もいる。

老人もいれば、まだ十かそこらの子供もいた。

その中に——見た顔があった。
歳の頃《ころ》なら十七、八。
写真では背中まであった栗色《くりいろ》の髪《かみ》が、今は短く切りそろえてある。
コリィ＝ステアー。
マーティンの娘《むすめ》。
彼女もまた、ほかの者たちと同様に、光のない瞳《ひとみ》をイーザーの方に向けていた。
『人捜《ひとさが》しをしているそうだな。侵入者《しんにゅうしゃ》』
どこかに設置されているスピーカーから声が流れ出た。
ザイベック所長——
むろんイーザーが、その名を知るわけはないが。
声は続ける。
『ロートレックからはそう聞いた。
捜しているなら会わせてやろう。
その中にいなければたぶんもう死んでいる。
言っている意味は——わかるな？』
「わかった」
気負いも何もなく、イーザーは答えた。

おそらくその声も、向こうに届《とど》いていたのだろう。

『結構。ならば――

やれ』

声が響《ひび》いたその刹那《せつな》。

白衣を纏《まと》った老若男女――被験者《ひけんしゃ》たちが、イーザー目がけて殺到《さっとう》する！

老婆《ろうば》が、異常な速さでイーザーとの間合いを詰《つ》め、彼に向かって拳《こぶし》をくり出す！

見た目は細い老婆の腕《うで》だが、その拳には、人を倒《たお》すには十分《じゅうぶん》な力とスピードが乗っていた。

だがイーザーは身を沈《しず》め、大振《おおぶ》りの一撃《いちげき》をかわして、迷わず老婆のみぞおちに、カウンターの一発を叩《たた》き込む！

しかし老婆はひるまずに、イーザーを捕《と》らえるべく、もう片方の手を伸《の》ばす。

その間に、十を少し過ぎたばかりの少年が、老婆の後ろからまわり込み、イーザーに肉薄《にくはく》する！

――イーザーは理解していた。

ここで、どんな実験が行われていたのか。

洗脳と強化――

軍事強化を望む者なら、誰《だれ》でも一度は発想することである。

軍人でもなんでもない非《ひ》戦闘員《せんとういん》を、片端《かたはし》から戦力にすることができるなら、どれほどの戦力

SHERIFF
STAR

増加になるだろうか、と。

洗脳も、強化も、本来は一朝一夕《いっちょういっせき》にできうるものではない。

だがもし、それが可能なら？

薬品によって、脳の自己判断《はんだん》部分や、痛覚などの危機管理部分をマヒさせ、同時に脳内麻薬《まやく》物質を大量分泌《ぶんぴつ》させることにより、反応《はんのう》速度の上昇《じょうしょう》を図《はか》る。

理論的には、決して不可能なことではない。

副作用などの弊害《へいがい》を考えなければ。

その理論上は可能なことを、現実化するための生体実験場——

それが、ここなのだ。

理解し——イーザーは動きはじめた。

右手に持っていたナイフを鞘《さや》へと戻《もど》す。

みぞおちへの一撃が効かぬなら——

横からまわり込んで来た少年に、イーザーの右の拳が炸裂した！

ごっ！

少年はあごを叩《たた》かれ、吹《ふ》っ飛んで、そのまま倒れて動かなくなる。

死んではいないはずだった。

脳震盪《のうしんとう》を起こし、行動不能になったのだ。

開いた空間に移動して、老婆《ろうば》の延髄《えんずい》を後ろ手に叩《たた》き、昏倒《こんとう》させる。突《つ》っ込んできた男の顔面を掌《てのひら》で捕《と》らえ、後頭部を壁《かべ》に叩きつけて、もう片方の手で、そばにいた女のこめかみを打ち、失神させる。

両手の開いたその機を狙《ねら》い、正面から突っ込んできたのは——

コリィ＝ステアー。

しかしイーザーはやはり迷わなかった。

がづっ！

何のためらいも見せず、彼女のあごを下から蹴《け》り上げた。

のけぞり、昏倒する彼女。

続く被験者《ひけんしゃ》たちも、イーザーの、容赦《ようしゃ》ない——ように見える攻撃《こうげき》に、次々と倒《たお》れ、意識を失ってゆく。

『……き……貴様《きさま》……正気かっ……!?』

スピーカーから、かすれた声が漏《も》れたのは、廊下《ろうか》に立つのが、イーザーただ一人になった時のことだった。

「問題でもあるのか？」

気を失ったコリィを肩《かた》にかつぎつつ、イーザーは、いつもと変わらぬ口調《くちょう》で言った。

『被験体《ひけんたい》だと言ったはずだ……！　子供もいた……！』

「その子供を実験台にしていたのはそっちだ。なぜ非難する？」

『…………………』

問われれば、声の主――ザイベックに答える術《すべ》はない。

操《あやつ》った被験者たちに襲《おそ》わせれば、イーザーは手を出せなくなる――そう考えたのは、単なる彼の思い込みである。

『しかしまさか……手加減《てかげん》もなしに……』

「手加減《てかげん》はした。でないと全員殺している」

『……っくそっ……！』

吐《は》き捨てる声と共に放送は終わり、通路のはるか奥《おく》からは、いくつもの気配が近づいてくる。

どうやらダメでもともとで、警備兵たちを送りつけてきたようである。

相手にする気はさらさらなかった。

イーザーはコリィを背負ったままで、くるりとその場できびすを返して走りだす。

その背後《はいご》で――

ごがぁぁぁんっ！

大気が炸裂《さくれつ》した！

おそらく、最初の警備兵たちやロートレックの末路を知り、接近するのを嫌《きら》った警備兵が、考えなしに手榴弾《しゅりゅうだん》か何かを放ったのだろう。

炎《ほのお》は倒《たお》れた被験者《ひけんしゃ》たちを呑《の》み込み――

しかしイーザーは、その爆風《ばくふう》に乗って、さらに加速した。

巻き込まれた被験者たちは、おそらく助からないだろうが――それを気にかけるイーザーではない。

任務は、コリィの保護なのだから。

はるか後ろに銃声《じゅうせい》が重なるが、銃弾《じゅうだん》は、どこかの壁《かべ》にむなしく当たってはじけるだけ。

完全に腰《こし》の引けた警備兵たちには、本気でイーザーを追撃《ついげき》する気はないようだった。

『何をやっている⁉　追え！　急げ！』

ザイベックの叱責《しっせき》が施設中《しせつじゅう》に流れるが――もはや時遅《おそ》し、である。

――来い。『ドラグゥーン』――

イーザーの思考に反応《はんのう》し、待機中だった『ドラグゥーン』が動き出した。


「――動いたっ！」

『モーニングスター』のブリッジで。

サミィは声を上げていた。

旋回《せんかい》待機中だった『ドラグゥーン』が軌道《きどう》を変え、ゲートへと向かう。

さすがに見過ごすわけにはいかず、岩塊《いわ》の陰《かげ》に隠《かく》れていた戦闘機《せんとうき》が姿を現し、攻撃《こうげき》を——

「甘《あま》いっ！」

サミィの手がコントロール・パネルの上を滑《すべ》り、アサルトアンカーが光の針を生み出した！

『ドラグゥーン』に手を出すいとますら与《あた》えず。

それは違《たが》わず、飛び出た戦闘機を貫《つらぬ》いて、光の華《はな》と化していた。

「……やっぱし自動照準《オート》より手動射撃《マニュアル》よねー」

なんだかしみじみつぶやく彼女。

などとやっているうちに——

『サミィ。聞こえるか』

イーザーからの通信が入る。

「聞こえるわよイーザー」

『今からそちらに戻《もど》る。コリィ＝ステアーは確保した』

「ををっ！」

「コリィ！」

同時に声を上げるサミィとマーティン。

「無事なの!?」

『詳細《しょうさい》は検査してみなければわからん。今は意識を失っている』

『…………』

歯切れの悪い返事に、思わず顔を見合わせる二人。

「……ま……まあそれは帰ってからということで……

彼女以外に、つかまっていたひと、とかいなかった？」

『もういない』

イーザーは返した。

間違《まちが》ってはいない答えを。

「オッケー！　なら、あんなとこ、吹《ふ》っ飛ばしても問題なしね！」

『同感だ』

答えと同時に、『ドラグゥーン』がアジトのゲートから姿を現す。

『モーニングスター』は回頭し、艦首《かんしゅ》を目の前の岩塊――ラガインの研究基地へと向けた。

「フォーカスリング起動っ！」

不可視の磁場が『モーニングスター』を包み、発射を察した『ドラグゥーン』が射軸上《しゃじくじょう》から退避《たいひ》した。

岩塊から、脱出《だっしゅつ》ポッドが飛び立ちはじめるが、それはまあ、見逃《みのが》しておくことにする。

「発射っ！」

――そして――

放たれた光の槌《つち》は、ラガイン・コネクションの研究基地を打ち砕《くだ》いたのだった。

「……そんな……実験が……」

『モーニングスター』の医療室《いりようしつ》で――

イーザーからの説明を受け、マーティンは、呆然《ぼうぜん》とつぶやいていた。

「……大丈夫《だいじょうぶ》なんでしょうか……?」

不安なまなざしを、ベッドの上のコリィに向ける。

そこには、いまだ気を失ったままの彼女が、ベッドに両手両足を固定されて横たわっている。

彼女がどういう命令を与《あた》えられていたのかはわからないが、目を覚ませば、いきなり暴れだす危険もあった。

拘束《こうそく》は、やむをえない処置である。

「わからん」

「……ちょっ……!」

ミもフタもない答えを返すイーザーを、あわててサミィは止めようとするが、しかし彼は淡々《たんたん》と、

「薬品によるコントロールだと予想されるが、薬品の種類、効果継続《けいぞく》時間は不明。

実験中だったということから考えれば、その技術は未完成だったはず。

よって、どんな副作用があるかも予測不可能だ」

「ちょっとイーザーっ！」

イーザーのソデ口を、くいっ、と引っぱり、サミィは声をひそめて言う。

……もっとも、それで、マーティンに聞こえなくなる、というものでもないのだが。

「なんつーぶっきらぼうな言い方すんのよっ⁉　あんたはっ！」

「客観的な事実だが」

「だからって！　モノには言いよう、ってもんがあるのよっ！」

「言い回しを変えたところで、彼女の置かれた状況《じょうきょう》が変化するわけではないと思うのだが」

「そりゃそーだけどっ！」

「……いいんです。サミィさん」

言ったのはマーティンだった。

「はっきり言っていただいた方が……その方が……」

言いかけたその時。

ごあああぁぁぁぁぁぁあっ！

起こったのは、獣《けもの》の怒声《どせい》にすら似た雄叫《おたけ》びだった。

『………………⁉』

一同の視線がそちらに集中する。

意識を取り戻《もど》し、ベッドの上で暴れはじめたコリィの方に。

ぎちぎちと。

音を立ててきしんでいるのは、ベッドか、拘束具《こうそくぐ》か、はたまた彼女自身の肉体か。

その口から生まれる叫《さけ》びは、もはや女の——いや、人のものですらない。

「——麻酔《ますい》を——」

「やめろ」

腰《こし》を浮《う》かしたサミィの動きを、イーザーの声が制止した。

「薬品の成分は不明だが、強力なものであることは間違《まちが》いない。麻酔など打てば、体内でどんな反応《はんのう》を起こすか予想不可能だ」

——つまり最悪は——死——

「……じゃあ……どうしろって……」

「——コリィ！」

サミィが顔色を失う中。

マーティンが、跳《は》ねるコリィにしがみつく。

「コリィ！　コリィ！　わかるか!?　父さんだっ！」

その瞳《め》に父親の姿を映し。

耳に父親の声を聞き。

しかしそれでもコリィは、獣《けもの》のように叫《さけ》びながら、ベッドの上で跳《は》ねている。

拘束具《こうそくぐ》を限界まで引き伸《の》ばし。

手首と足首に血をにじませて。

「コリィ！　もう大丈夫《だいじょうぶ》だ！　大丈夫だよ！　だから暴れなくていいんだ！　コリィ！　コリィ！　聞こえるかい⁉」

「……ど……どうすんのよイーザーっ⁉」

「麻酔薬《ますいやく》が使えないなら、これしかないだろう」

言うと、イーザーは無造作な足取りでベッドに歩み寄り——

たたんっ！

両の手で左右からコリィのこめかみを打つ。

ぴくりっ——と彼女は痙攣《けいれん》し——

そして、ぐったりとベッドに身を沈《しず》めた。

「……コ……コリィ……？」

「脳震盪《のうしんとう》を起こして気を失わせた」

イーザーは言う。静かな口調《くちょう》で。

「あのまま暴れさせておけば、拘束具を引き切るか自分の手足を折るか。最悪、体中の毛細血管が破裂《はれつ》して死亡するおそれもあった」

「……じゃあ……一体どうすれば……？」

疲《つか》れた口調で問うマーティンに――

イーザーは淡々《たんたん》と宣言した。

「薬品が抜《ぬ》けるまで、同じ事を続けるしかないだろう」

と――


――それは――

マーティンにとっては、地獄《じごく》のような時間だったろう。

意識が戻《もど》るそのたびに。

娘《むすめ》が獣の叫びを上げて身をよじらせ――

イーザーが、瞬時《しゅんじ》に意識を失わせる。

そんなことが、一体何度、何時間続いたのか。

はたで見ていたサミィも、もはやおぼえてはいない。

深い疲労感《ひろうかん》だけが、ただ、澱《おり》のようによどみ、溜《た》まり――

しかし。

そんな時間も、やがては終わりを迎《むか》える時が来た。

何度目か――

彼女がその目を開いたとき。

コリィは、叫《さけ》びも、暴れもしなかった。

「……コリィ……？」

おそるおそる、声をかけ、マーティンは娘《むすめ》に歩み寄る。

ゆっくりと。

コリィは声に反応《はんのう》し、彼の方へと視線を送る。

「……気がついたんだな、コリィ……わかるか？　父さんだよ」

言う彼を、彼女は両の瞳でじっと見つめ返す。

その瞳に——しかし、意志の光はなかった——

惑星《わくせい》プロフェシー。

太陽系に近い、小さな植民星である。

とりたてて特徴《とくちょう》もない——まあ、悪い言い方をすれば、あまりパッとしない惑星《ほし》ではあったが、それゆえに、おおむね平和でもあった。

「——お世話に——なりました——」

そこの小さな衛星港で——

マーティンは、サミィとイーザーの二人に向かって、深々と頭を下げた。

そのかたわらには、車椅子《くるまいす》に座したまま、虚《うつ》ろな瞳《ひとみ》を空へと向けるコリィの姿。

――結局――

コリィは、なんとか一命をとりとめこそしたものの――

その心は、戻《もど》らなかった。

「…………………」

かけるべきことばも見つからぬまま。

サミィはただ、深く――深く一礼を送っただけ――

コリィがいつか、もとにもどる日が来るのだろうか。

それは、サミィとイーザーにはわからない。

二人にできたことは、ただ、マーティンとコリィを、ラガイン・コネクションの手が届《とど》かない惑星に連れてゆき、それなりの設備のある病院――親会社の、クロフト社傘下《さんか》の病院を紹介《しょうかい》することくらいだった。

「――こんなの――」

去りゆく親子の背を眺《なが》めながら、サミィは小さくつぶやいた。

「――こんなの――何もできなかったのと同じよ――」

「依頼《いらい》は果たした」

イーザーは言う。

「二人を再会させる。それが今回の依頼《いらい》だった」

「そうだけどっ！」

サミィはイーザーに向きなおる。

「……納得《なっとく》いかないよっ……こんなのっ……

なんかっ……納得いかないっ……」

「しかし、他《ほか》に我々にできることはあるか？」

「……………………」

問われてサミィはしばし、沈黙《ちんもく》し、

「──あるわ──」

静かな──押《お》し殺した声で言う。

「……ぶっ潰《つぶ》すのよ。ラガインを」

「──依頼は本来、二人を会わせた時点で終了《しゅうりょう》している」

「……イーザー……」

サミィは言う。

いっそう声を低くして。

「……あたしたちは、つくられた命よ……

クロフト社に生み出された──道具……

イーザー＝マリオン、サミィ＝マリオン……『操り人形《マリオネット》』の『どれか《イーザー・サム》』なんて名前をつけられて……

けど……

たとえ会社《あいつら》がどう思おうと。

あたしは自分の心まで、操《あやつ》り人形になるつもりなんてない。

たしかにイーザーの言う通り。

契約《けいやく》そのものは、二人を会わせた時点で終了してるかもしれないわ。

それ以上のことは、会社としては『よけいなこと』かもしれないわ。

けど……

だからもう、それ以上何もやらなくっていいの⁉

あんなことをやった奴《やつ》らを野放しにしておいていいの⁉

ほうっておいたら、連中は、また同じ事をくり返すわ！

コリィと同じ――

いえ、ひょっとしたら、もっとひどい目に遭《あ》わされるひとがいっぱい出てくるのよっ！

――それでも――

イーザーは納得できるの⁉」

「…………………」

イーザーはしばし沈黙《ちんもく》し――

……ふぅ……

この男にしては珍《めずら》しく、深いため息をついた。

「……アフターサービスも業務のうちか……」

「――それじゃあ!?」

サミィに問われ。

イーザーは、こっくりうなずいたのだった。


「どうするのだ……!?　この騒《さわ》ぎ!」

その声に、不満の色をみなぎらせ。

テオドア＝ラインゴートは、声を低めて問いかける。

――たいていの相手なら、それでたちまち萎縮《いしゅく》して、たとえ自分に責がなくとも頭《こうべ》を垂《た》れるものである。

やや肉のたるんだ初老の男。

見た目にはさえない彼に、それだけの力を持たせているのは、ほかでもない、惑星《わくせい》フリード総督《そうとく》、という肩書《かたが》きだった。

だが――

目の前の男が相手では、ラインゴートの肩書きもあまり効果はなかった。

「騒ぎの責は、騒ぎを起こした者が取るべきだとは思いませんかな？　総督」

淡々《たんたん》と。落ち着き払《はら》った口ぶりで。

シェルジェスタ＝ラガインはそう言った。

夜のセントヨーク・シティ。

ラガイン・コネクションの本部ビル——その一室で、実質、この惑星《ほし》を支配する二人は顔をつき合わせていた。

「……まるで自分に責任がないような言い方だな。ラガイン……」

「悪いのはなんでも屋だ、と言っておるのです」

激昂《げっこう》するラインゴートとは対照的に、落ち着き払ってラガインは言う。

騒ぎ——というのはほかでもない。

先日の、ダストブローでの戦闘《せんとう》のことだった。

ダストブローの研究施設《しせつ》は破壊《はかい》され、うち砕《くだ》かれた岩塊の破片は散逸《さんいつ》し、そのいくつかは、惑星フリードの大気圏《たいきけん》に突入《とつにゅう》し、流星雨となった。

幸い地上に衝突《しょうとつ》したものはなかったが——これが騒ぎにならないはずはない。

ダストブロー岩塊の粉砕《ふんさい》による流星雨。

公式発表によると、原因は海賊《かいぞく》同士の小競《こぜ》り合いによるものとか。

となると当然批判《ひはん》が上がる。

政府は何をやっていたのか。

一歩間違《まちが》えば、流星が地上に被害《ひがい》を出していたかもしれないのだ。

ダストブローの存在は、以前から問題視されていたはずである。おまけに今回、海賊《かいぞく》同士の小競《こぜ》り合いに何の対応もしなかった。総督府《そうとくふ》は居眠《いねむ》りでもしているのか。

——幸い、ラガインの施設《しせつ》が存在していたことは隠《かく》せているようだが、総督府のメンツが、今まで以上に潰《つぶ》れたことは事実である。

「いいか、わしが言ってるのは、誰《だれ》が悪いか、などということではない！

ここでの世論も知ったことではない！」

イラついた声でラインゴートは言う。

「問題は！

本国での評判《ひょうばん》だ！

このことで、『ラインゴートは危機管理能力に著《いちじる》しく劣《おと》る』などと言われては困るのだ！

わしのメンツをどうしてくれる!?　と言っておるのだ！」

「……なるほど……」

ラガインはつぶやいた。

ようやく彼は悟《さと》ったのだ。

ラインゴートが一人、このビルにまで乗り込んできた、その真意を。

総督は続ける。

「……聞けば、もともとの原因は、なんでも屋とそちらとのトラブルなんだろう？　ラガイン。そちらが、たかがなんでも屋ごときを始末《しまつ》しそこねたせいで、こういうことになったわけだ。そちらの不手際《ふてぎわ》で、わしの評判が落ちるというのは納得《なっとく》いかん話だろ？ならばその責任は、誰が取るのが妥当《だとう》だと思う？

わしはそういう話をしているんだよ」

「――では、こういうのはいかがですかな？」

ラガインは言う。

「お詫《わ》びのしるし、と言っては何ですが、別の施設で開発していた兵器の一つを、無償《むしょう》で提供させていただく、ということで。

噂《うわさ》に聞けばお国の方も、何やらキナ臭《くさ》くなっているとかいないとか……

ならば、性能のいい兵器はあって損はないはず。

それをあなたが入手した、となれば、おぼえもよくなるのではないですかな？」

「……兵器提供……か……ふむ……」

つぶやいて、ラインゴートは口もとに手をやり、考える。

――しらじらしい――

その様子《ようす》に、ラガインは内心悪態をついた。

おそらくラインゴートは、もともとそのつもりでここに来たのだろう。

組織の不手際《ふてぎわ》をあげつらい、なんくせをつけて、金か、兵器を奪《うば》い取る。

まあ、政治屋らしいやりかたではある。

これが他《ほか》の相手なら、部下に命じて、二、三発、弾丸《たま》でもぶち込んでやるところなのだが、さすがに相手が『総督《そうとく》』の肩書《かたが》きを持っている以上、手荒《てあら》な真似《まね》はできなかった。

ラインゴート自身を闇《やみ》に葬《ほうむ》ることはたやすい。

しかしそうなると、今までは癒着《ゆちゃく》を黙認《もくにん》していたティコ連邦《れんぽう》本国も、黙《だま》ってはいないだろう。

そうなると、いきなり全面対立、とまでいかなくても、組織も何かとやりにくくなる。

ならばここは、一歩退《ひ》いておくのが賢《かしこ》いやりかた、というものだった。

「……まあ……それで、わしの信頼《しんらい》が回復するかどうかはわからんが……」

不機嫌《ふきげん》を装《よそお》いながら、ラインゴートは言う。

「何にしろ。

その兵器とやらがどういうものか、それがわからんことには、正直何とも言えんな。

それなりの性能のものならば、まあ、そちらの誠意を汲《く》んで、この件は貸し、ということにしておいてもよいが」

「それならば――」

……どんっ……

ラガインのことばを遮《さえぎ》って。

遠い振動《しんどう》が部屋《へや》を揺《ゆ》らした。

「？　今のは？」

「さて……？」

問われてラガインはことばを濁《にご》す。

地震《じしん》のようでもないし……あえて例えるならば、遠い爆発《ばくはつ》——

ここんっ！

「ラガイン様！」

ノックの音と間《ま》を置かず、扉《とびら》を開けて入ってきたのは、彼の秘書だった。

「なんだ!?　とりこみ中だぞ！」

「それが——」

不機嫌に言うラガインに、秘書はかまわず歩み寄り、小さく耳打ちをする。

「——ほう！」

その報告に、ラガインの顔に浮《う》かんだのは、驚《おどろ》きと——そして歓喜《かんき》の混じった色。

ラインゴートの方に向きなおり、

「どうやら、我々の兵器——

早速にお目にかけることができそうです」

「……ど……どういうことだ⁉」

「ダストブローの施設《しせつ》を潰《つぶ》してくれたなんでも屋……奴等《やつら》がしかけてきたようです」

「……なっ……⁉」

ラインゴートの顔色がまともに変わる。

「いずれ捜し出して始末《しまつ》をつけねば、と思っていたのですが……どうやらその手間が省《はぶ》けたようですな」

「な……何を悠長《ゆうちょう》なことを⁉　し……襲撃《しゅうげき》だぞ……！　逃《に》げた方がいいのではないかっ……⁉」

「落ち着いて。

言ったはずです。

我々の兵器をお目にかける、と。

へたに動き回れば、敵とばったり、などということもありうる。

そっちの方がよほど危険です。

ここにいるのが一番安全なのですよ」

「……し……しかし……！」

腰《こし》を浮《う》かすラインゴートに、ラガインは、あからさまに眉《まゆ》をひそめて、

「——おや？　まさか——フリードの総督《そうとく》ともあろうお方が、たかがなんでも屋二人におそれをなした、と？」

「……ふ……ふざけるなっ！」

ラガインの挑発《ちょうはつ》にあっさりかかり、ラインゴートは、怒《いか》りに顔を赤らめて、

「なら見せてもらおうではないか！　そちらの兵器とやらをっ！」

「決まり、ですな」

大きくうなずき、ラガインは、秘書に向かって指示を下した。

「全員に戦闘《せんとう》準備の命令を！

それと——

コラードとザイベックをここに呼べ！

例の計画の実戦テストを行う！」


風が渦《うず》巻《ま》く。

空が——黒い。

セントヨーク・シティの夜景。

地上に散った人工の星々は、中心部から外れるほどにまばらになり、このあたりでは、ぽつ

り、ぽつりとしか目立たない。

ただ一つ——眼下のビルを除いては。

ラガイン・コネクション本部ビル。

首都セントヨークの端《はし》にあるそれは、九十六階、全高四百六十メートル。

高層建築がそう多くない、この惑星《わくせい》フリードでは、トップ・クラスの高さを誇《ほこ》っていた。

このビルのどこかに、シェルジェスタ＝ラガインはいる。

だが——

サミィのもくろみは、別にラガイン当人の命ではない。

彼一人を暗殺するなら、もっと楽な方法はいくらでもあるし、かりにそんなマネをしたところで、別の誰《だれ》かが組織を引き継《つ》ぐだけである。

必要なのはむしろ、たった二人のトラブルシューターに、組織の本部が蹂躙《じゅうりん》された、という事実だった。

相手は、恐怖《きょうふ》という名のプレッシャーによって統治されている裏組織。

ならば、『ラガイン・コネクション恐《おそ》るるに足らず』というレッテルを貼《は》りつけることに成功すれば、組織は勝手に崩壊《ほうかい》する。

だからこそ。

あえて『ドラグゥーン』での砲撃《ほうげき》、という手段は取らず、こういう方法を選んだのだった。

目の前のディスプレイの一角に、青いランプが明滅《めいめつ》した。

イーザーからの合図である。

——はじまった——

意を決し。

飛行中の『ドラグゥーン』から、サミィは夜空に身を躍《おど》らせた！

ラガインのビルの屋上が、眼下で、どんどんその大きさを増してゆく。

屋上にはいくつものヘリポート。数機がそこに停《と》まっており、何人ものフライト・スタッフがたむろしている。

そしてそのまっただ中に——

どぎゃっ！

派手《はで》な音を立て、ひとつの影《かげ》が着地した！

「……な……なんだっ⁉」

屋上にいた一同が、驚《おどろ》きの声とともに視線を送る。

視線の先には——赤い巨体《きよたい》。

サミィの纏《まと》うパワード・スーツ『イフリート』。

高さはおよそ二メートル半。彼女用に調整されたパワード・スーツである。

『ゴミ掃除《そうじ》のサービスに来ましたっ！』

機体の外部スピーカーから、景気のいいサミィの声が流れる。

『抵抗《ていこう》しないひとは無事にすむかもしれないんで、逃《に》げたいひとは逃げるようにっ！』

「ふ……ふざけるなっ！」

フライト・スタッフのうち数人が声を上げ——警備スタッフも兼《か》ねていたのだろう。

言うと同時に、作業服の内がわから銃《じゅう》を抜《ぬ》き放ち——

『うりゃっ！』


めぎづがぁぁぁぁっ！


彼らが引き金を引くより速く。

サミィ——『イフリート』は、そばにあったヘリの尾翼《びよく》をもぎ取ると、そちらに向かって投げつけた！

えぐれる建材飛び散る破片。

銃を抜いていた数人は、今のであっさりノビている。

『わっかんないみたいだから、わかるよーに言うけどっ！』

サミィはふたたび宣言する。

きわめてわかりやすいことばで。

『抵抗したら不幸になるんでよろしくっ！』

言い捨てるなり、エレベーター・シャフトの方へと向かう。

今度は、抵抗する気配を見せるものはなかった。


そのすこし前。

イーザーが侵入《しんにゅう》したのは、ビルの一階部分からだった。

まあこの場合、『侵入』というよりは、『乱入』と言うべきなのかもしれないが。

――と言っても、別にどうということはない。古典的に、中古で買ったライトバンで、正面玄関《げんかん》から突《つ》っ込んだだけなのだが。

ざわめきと悲鳴《ひめい》が渦巻《うずま》く中、イーザーは、車のフロント部分を引きちぎって車外に出た。

ドアが狭《せま》くて出られなかったのだ。

車内でパワード・スーツなど着込んだせいで。

ダークブラウンの巨大《きょだい》な機体。

全高は二メートル半と普通《ふつう》だが、全体のボリュームは、通常のパワード・スーツよりひと回りかふた回りは大きい。

パワード・スーツ『ベフィーモス』。

イーザー用に調整されたそれは車を降りるなり、そのまままっすぐ、受付へと向かった。

『シェルジェスタ＝ラガイン氏に面会したい。予約《アポイントメント》は取っていないのだが』

がくがく震《ふる》える受付の男に、イーザーは、いつも通りの淡々《たんたん》とした口調《くちょう》で告げた。

サミィは、ラガインを倒《たお》すのは二の次、といっていたが、イーザーの意見は少々違《ちが》う。

できれば頭も潰《つぶ》しておくに越《こ》したことはない。

『ベフィーモス』は無造作に手を振《ふ》りかぶり、ホール中央のブロンズ像に向けて、腕《うで》のビームバルカンを一連射。

ゔぁらららららららららららっ！

ブロンズの騎士像《きしぞう》をいともあっさり引き裂《さ》いて、イーザーはふたたび受付に言う。

『今のを予約がわりにしてもらいたい。こちらから伺《うかが》おうと思うのだが、何階かな？』

「…………ごごごごごご五十一階ですっ…………！」

『ありがとう』

言うとまっすぐエレベーターへと向かい──

ばぐっ！

閉まったままのその扉《とびら》に、いきなり拳《こぶし》を叩《たた》き込む！

扉がはぜ割れ、異常を察知したセンサーが、エレベーターを緊急停止《きんきゅうていし》させた。

停《と》まったことを確認《かくにん》してから、同じ要領《ようりょう》で、並ぶエレベーターを次から次へと機能停止に追いやり続け――

『――そろそろだな』

イーザーが、サミィに信号を送ったのは、一階にあるエレベーターすべてを沈黙《ちんもく》させたあとだった。

「ザイベック、参りました」

やがて部屋《へや》へと入ってきたのは、四十がらみの、冴《さ》えない白衣の男と、ラガインの秘書の二人だけだった。

白衣の男は、ラガインと同席している相手――ラインゴート総督《そうとく》を目にして、わずかに顔をこわばらせるが、とりたてて何も言わなかった。

「……コラードはどうした？」

問うラガインに、秘書の男は言いにくげに、

「……それが……どこにも姿が見当たりません……」

「見当たらん？」

「おまけにコラードのデスクにこんなものが……」

言って秘書が、スーツの内ポケットから取り出したものは――

退職届《とどけ》、と書かれた紙切れ。

そばで見ていたラインゴートは、ふと妙《みょう》なことを思い出した。

――沈没《ちんぼつ》する船からは、事前にネズミの群れが逃《に》げてゆく――

そんな、昔の言い伝えを。

一方ラガインは気にもとめずに、

「――まあいい。

奴《やつ》はあとで捜すとして――

ザイベック、あの二《ふた》つに関する説明は、コラードから受けていたな」

「は……はい」

緊張《きんちょう》の面持《おもも》ちで答える白衣――ザイベック。

「で、例の計画は、どの程度進んでいる？　詳細《しょうさい》はいらん。割合で答えろ」

「……双方《そうほう》ともに完成はしていませんから……八割、といったところでしょうか」

「ならかまわん。

出して、侵入者《しんにゅうしゃ》を撃退《げきたい》させろ」

「……い……今ですか!?」

「あとまわしにできることではないだろう？

――やれ」

言われてザイベックは硬直《こうちょく》した。

八割、といったのは、サバを読んでの話である。

実際は七割程度か――あるいはそれ以下かもしれない。

しかし今さら、『さっきのはウソでした』などとは言えない。

ならば――やるしかないのだ。

ここは、逆らったところで減俸《げんぽう》かクビがせいぜいの、普通《ふつう》の仕事場ではないのだ。

やれ、と言われてやれなかったら、本気でこの世から消される可能性すらある。

つまり。

「……わ……わかりました……」

ザイベックには、こう答える以外の選択肢《せんたくし》などなかったのだ。

ラガインは、机の引き出しを開けて、中のパネルを操作した。

部屋《へや》の扉《とびら》がロックされる。

壁《かべ》の絵画が収納されて、いくつものディスプレイが現れ、じゅうたんの模様《もよう》に紛《まぎ》れていた床《ゆか》がせり上がり、イスと通信パネルに変化する。

企業ビルの体裁《ていさい》をしてはいるものの、ここは実質犯罪組織の本部。

ことがあれば、この部屋は、司令室へと変化する。

「そこのデスクを使え。

研究室への通信ナンバーはQ〇一とQ〇二だ」

言われてザイベックは席につき、研究室への通信をつないだ。

「…………」

「――私だ。

これより『アーメット』プラスと『ケルベロス』プラスの実働実験を行う。

設定目標は侵入者《しんにゅうしゃ》の掃討《そうとう》・排除《はいじょ》。

反論は一切《いっさい》認めん。

各員、至急稼働《かどう》準備にかかれ！」

エレベーターを機能停止《ていし》に陥《おちい》らせ。

イーザーは、階段を使って上を目指していた。

むろん一段一段登ってゆくわけではない。

階段エリアで、ジャンプとともにバーニアを吹《ふ》かせ、距離《きょり》をかせぐ――いわば連続ジャンプを続けているのだ。

だだんっ！

重い足音を轟《とどろ》かせて。

イーザーの『ベフィーモス』が足を止めたのは、踊《おど》り場《ば》の階数表示が二十に達した時のことだった。
壁《かべ》の一点に、モニター越《ご》しの視線を送り——
瞬間《しゅんかん》。

どがぁっ！

爆音《ばくおん》とともにその壁が、音を立てて砕《くだ》け散る！
同時にイーザーは、ひとつ下の踊り場へと跳《と》び退《ずさ》り、がれきの雨をよけていた。
爆音《ばくおん》の余韻《よいん》と土煙《つちけむり》が、徐々《じょじょ》におさまったそのあとには——
黒い、大きな影《かげ》がひとつ、佇《たたず》んでいた。
パワード・スーツ。
見たことのない型である。
頭には、後頭部の方に向かって伸《の》びる長いツノ。異様にひろがった両手首。
その先から、鋭《するど》く尖《とが》った爪《つめ》のような五指が伸びている。
それのカメラアイが、ゆるりっ、と巡《めぐ》って、イーザーの『ベフィーモス』を捕《と》らえ——
刹那《せつな》。
どんっ！
地を蹴《け》る音か風裂《さ》く音か。

轟音《ごうおん》とともに黒いパワード・スーツがイーザー目がけて突進《とっしん》する！

その爪《つめ》がくり出された瞬間《しゅんかん》には、『ベフィーモス』はもはやもとの場所にはいない。

直前で横に身をかわし、軸足《じくあし》を中心として、相手の横手へと回り込む。

左手を、相手の脇腹《わきばら》につけるか否《いな》かのタイミングで、腕《うで》に内蔵されたビームバルカンを一連射――

しようとしたその時。

黒いパワード・スーツが身を引いて、その手の甲《こう》で、『ベフィーモス』の腕先《うでさき》をカバーする。

手の甲《こう》に生まれたゆらめきは、ビームシールドのものだった。

イーザーは大きく後ろに跳《と》びながら、両手のビームバルカンを連射する！

ちゅいちゅいちゅいちゅいちゅいんっ！

黒いパワード・スーツはその攻撃《こうげき》を、両腕先のビームシールドではじき散らす。

はじかれたいくつものビームの針が、壁《かべ》に、階段に、小さな穴を無数に刻んだ。

双方《そうほう》ともに――速い。

パワード・スーツ同士の戦い、というよりも、生身の達人同士――いや、それ以上のスピードである。

あるいはその動きは、機体の限界速度をすら、一瞬凌駕《いっしゅんりょうが》していたかもしれない。

刹那《せつな》対峙《たいじ》する二機のパワード・スーツ。

イーザーは、外部スピーカーのスイッチを入れた。

『――ロートレックか』

『リターン・マッチの機会があるとは思わなかったぜ』

返ってきた声は、静かだった。

あのとき――

ダストブローの内部で、イーザーは、立ちはだかったロートレックを、一刀のもとに切り捨てた。

しかし、コリィを連れて帰る時。

通路に彼の死体はなかった。

ならば生きているだろう、とはイーザーも思っていた。

普通《ふつう》の人間なら死に至る傷も、体の多くをサイボーグ化していたロートレックにとっては、致命傷《ちめいしょう》とはなりえなかったのだろう。

だが――こういう場面で、パワード・スーツを纏《まと》ってリターン・マッチをかけて来るとは、正直、思っていなかった。

『ずいぶん速くなったな』

『まあ、限界までヤッてるからな』

言うイーザーに応《こた》えるロートレック。

そう。

ロートレックの反射速度は、ダストブローで戦った時に比べて、格段に速くなっていた。

あの時には、イーザーの動きにほとんど反応《はんのう》すらできなかった彼が、すくなくとも今の瞬間《しゅんかん》は、互角《ごかく》の攻防《こうぼう》をくりひろげた。

理由は——言うまでもない。

能力増幅用《ブースト》の薬品を、限界まで——いや、ひょっとしたら限界を超《こ》えて脳内に注入しているのだ。

『……まあ、そういうことだからよ』

ロートレックは言う。

『決着は……とっととつけるぜっ！』

『同感だ』

声と同時に。

二つの巨体《きょたい》が疾《はし》る！

『ベフィーモス』の右肩《みぎかた》についた小型ビーム砲《ほう》の砲身《ほうしん》が、黒いパワード・スーツをポイントした！

砲身の動きを見すえ、黒いパワード・スーツが左手の甲《こう》のビームシールドを構える。

だが、『ベフィーモス』の砲座《ほうざ》の動きはあくまで陽動。

その間に下から右腕《みぎうで》を伸《の》ばして脇腹《わきばら》を照準する。

ビームバルカンが一瞬《いっしゅん》火を吐《は》き——

火線は壁《かべ》をハチの巣と化す。

黒いパワード・スーツは身をひねり、『ベフィーモス』の内懐《うちぶところ》に飛び込んでいた。

どうやら格闘戦《かくとうせん》用の機体のようである。

火器を積んでいないぶんだけ、機動性に関しては、『ベフィーモス』より上かもしれない。

ロートレックの機体の左の突《つ》きが、『ベフィーモス』の右胸を狙《ねら》ってくり出される。

それを右手で払《はら》うイーザー。

払われた突きは、軌道《きどう》をそらし、それでもその分子振動《しんどう》クローは、『ベフィーセス』右肩のキャノンをえぐり裂《さ》く。

それた手首を『ベフィーモス』の右腕がとらえた。

瞬間、今度は黒いパワード・スーツの右の突き。

これも機体に届《とど》く以前に、『ベフィーモス』の左腕にとらえられる。

封《ふう》じたその両腕を、黒い機体の腕が握《にぎ》り返し、ビームバルカンの射軸《しゃじく》を本体から外す。

互《たが》いの腕が、互《たが》いの腕を封《ふう》じ込め——

『終わりだ！』

吠《ほ》えたのはロートレックの方だった。

刹那《せつな》。

黒い機体に生えたツノが、サソリの尾のようにしなると、『ベフィーモス』の頭部に向かってまっすぐ伸《の》びる！

それが、『ベフィーモス』の頭部を貫《つらぬ》く、その直前！

ばぐんっ！

『ベフィーモス』の機体が口をひらいた！

胸から頭部にかけての搭乗《とうじょう》ハッチが上にはね上がり、サソリの尾をはじき飛《と》ばす！

同時に機体から抜《ぬ》け出すイーザー！。

その右手には——

——山刀《ハチエット》——？

不意を衝《つ》かれて、ロートレックが硬直《こうちょく》したその一瞬《いっしゅん》。


ざぎんっ！


イーザーの手にした刃《やいば》は、中のロートレックともどもに、黒い機体を縦《たて》に断《た》ち割っていた。

音を立て。

黒い機体が中身ごと、ただの壊《こわ》れた人形と化し、床《ゆか》に転がる。

——それが。

『誰《ノーバディ》でもないロートレック』の最期《さいご》だった。

そしてイーザーは『ベフィーモス』の内部に戻《もど》り、ふたたび上への歩みをはじめる。

――何の感慨《かんがい》も抱《いだ》かずに。


サミィはむろん、エレベーターを普通《ふつう》に使うつもりなどなかった。

以前見た映画の中で、戦いの中でエレベーターを利用しているシーンがあったが、正直言って正気の沙汰《さた》とは思えなかった。

敵地のどまん中で、自分から、降下速度もコントロールできない閉鎖《へいさ》空間に飛び込んでどうするのか。

とはいえ階段が見当たらない以上、ここを使うしかないのだが……

要は、普通に使わなければいいのである。

ゔぃんっ！

機体のソデ口から飛び出した分子振動《しんどう》ブレードをふるい、扉《とびら》を切り裂《さ》く。

その先にあるのは、無限の奈落《ならく》へと続くエレベーター・シャフト。

『さーて……それじゃあ上から順番に行きましょーか』

シャフト内へと一気に飛び込み、一八〇度身をひねる。

一階下のエレベータードアに向かって、左腕《ひだりうで》のビームバルカンをかるく連射。

壁《かべ》を蹴《け》り、そのドアに向かって体当たりをかけた！

がぎゃんっ！


耳ざわりな音と共に扉《とびら》が吹《ふ》きちぎれ、サミィの『イフリート』はその向こうに降り立った。

警告の声を発するより先に。

あたりに集まった十数人が、すでに手に手に銃《じゅう》を構えて、こちらを見ていることをサミィは見てとった。

そばの鉢植えを蹴飛《けと》ばして、とっさに横に跳《と》ぶサミィ。

同時に火を噴《ふ》きまくる銃。

ちゅがががががががががぁぁぁぁん！

けたたましい音と同時に、エレベーターの周辺に、無数の弾痕《だんこん》が穿《うが》たれる。

一見普通《ふつう》のオフィス・ルームだが、勤めている連中は、やはりカタギではないようである。

サミィは移動して、間仕切り《パテーション》の向こうへと飛び込んだ。

この『イフリート』の装甲《そうこう》は、むろんのこと、普通の銃弾《じゅうだん》くらいなら、いともたやすくはじき返す。

だからといって油断して、銃撃《じゅうげき》の雨にうたれるつもりはない。

そもそも相手が、普通の弾丸《たま》を使っているとは限らないのだから。

近づいてくるいくつもの足音。

時間は夜。ほとんどの『社員』が帰ったあとだけあって、相手の数はあまり多くない。

サミィはそばにある机を、ぐばぁっ！　と持ち上げ——

『必殺！　備品ストライィィィク！』

わけのわからんかけ声かけて、向かい来る足音の方に目がけてぶん投げる！

『うわわわわわわわわっ!?』

だむだむだむだむだむっ！

づがしゃぁぁぁぁぁんっ！

悲鳴《ひめい》と銃声《じゅうせい》、破砕音《はさいおん》。

飛びゆく机はパテーションをぶち抜《ぬ》き、ディスプレイをなぎ倒《たお》し、追撃《ついげき》してきた社員——いや、組織のメンバー数人を直撃《ちょくげき》する。

「て……てめえっ！」

「よくもうちの備品をっ……！」

『続いてっ！』

サミィが次に手に取ったのは——

『パテーションォォォン・ブゥゥゥゥメランッ！』

「ぐばげっ!?」

回転しながら飛び来たパテーションが、うかつに身を起こした一人を直撃《ちょくげき》。

「ふざけやがってっ！」

残るメンバーの一斉射撃《いっせいしゃげき》。

しかしその時にはすでに、サミィは大きく横に跳《と》び、身を低くして、別のパテーションの陰《かげ》へと姿を消している。

「小学生みてぇな攻撃《こうげき》をっ！」

「なめやがってクソ！」

青スジ立てて駆《か》け寄る一同。

その先頭が――

「うあっ⁉」

いきなりつまずき、倒《たお》れ込む！

巻き込まれ、バタバタ倒れる男たち。

『床下《ゆかした》コォォド・トラァアップ！』

しんそこ楽しげなサミィの声が響《ひび》く。

彼女は床下に埋《う》め込まれた配線《コード》を引きずりだして、追っ手の足を引っかけたのだ。

そして――

倒れた一同の前に、ゆらりっ、と、赤い機体が姿を現す。

片手に机をひっ摑《つか》み。

「……ちょっと待……！」

『ファイナル・デスクバスタァァァァァッ！』

どがめしゃぁぁぁぁっ！

机が飛び薙《な》いだそのあとには、倒れて動かぬ男たち。

『ふっ。ビームバルカンで穴だらけになるよりはマシだったでしょ』

もはや誰《だれ》も聞くものもない捨てゼリフを残し、サミィは階段を使って、次の階へと向かうのだった。


かんかんかんっ！

硬《かた》く小さな、いくつもの音。

イーザーは、その正体を瞬時《しゅんじ》に悟《さと》っていた。

上から投げられた手榴弾《しゅりゅうだん》。

瞬時に反応《はんのう》し、ダッシュをかけつつ、手近なドアにビームバルカンの一連射。

穴だらけになった扉《とびら》を、体当たりでぶち破る。

刹那《せつな》遅《おく》れて——

ごがぁぁぁんっ！
手榴弾《しゅりゅうだん》の爆風《ばくふう》が『ベフィーモス』の背を叩《たた》く。
その眼前には、銃《じゅう》を構えた男たち。
迷わずイーザーは、腕《うで》のバルカンを連射した。
『があああああっ⁉』
引き金を引くいとますら与《あた》えられず、いともあっさり倒《たお》れゆく男たち。
――どうやらこの階にいたのは、これだけだったようである。
しかし、上で待ちかまえられていては、今の階段は使えない。
別の階段を探して、イーザーは移動を開始した。
今いるのは三十一階。
ラガインのいる階まではまだある。
――ついでに言うと、ラガインが、逃《に》げずにじっとしているかどうかもわからない。
だからこそ急ぐ必要はあった。
フロアーを突《つ》っ切り、駆《か》け出そうとしたその刹那《せつな》。
視界の隅《すみ》に動く何かを、イーザーの目は捕《と》らえていた。
足を止め、後ろに跳《と》んだその目の前を、一条の光が薙《な》ぎ、過ぎた！

発射地点は——壁《かべ》一面を占《し》める窓！
窓の外にはセントヨーク・シティの夜景。
ひろがる夜景の——その一部がとぎれていた。
外にいる何かの影《かげ》で。

がぎっ！　ぎっ！


耳ざわりな音を立て。

厚さ十センチを楽に越《こ》す、防弾《ぼうだん》ガラスをいともたやすくはぜ割って、もぞりっ、と室内に入ってきたのは巨大《きょだい》な鋼鉄の脚《あし》——

その先に続く本体。

並んだデスクとパテーションを蹴散《けち》らして、それは窓の外からビルの中へともぐり込んで来た。

全高およそ三メートル。

ほとんど天井に近い高さで、六本の脚に支えられた本体の上下には砲座《ほうざ》が設置されている。

完成品ではないらしく、塗装《とそう》されていない銀色のボディ。

巨脚で壁を穿《うが》ってか、あるいはほかの方法でか、ビルの外壁《がいへき》をここまでよじ登ってきたのだろう。

その姿を見るや否《いな》や。イーザーは迷わず腕《うで》を上げ、ビームバルカンを発射する！

しかし――

六本脚《あし》の、脚と脚との空間がわずかにゆらめき、電磁シールドを展開し、ビームの斉射《せいしゃ》をあっさりはじく。

同時に機体上部の砲座《ほうざ》が動き、『ベフィーモス』を照準《ポイント》する！

横へと跳《と》んだそのあとを、風と衝撃《しょうげき》が貫《つらぬ》いて――

ごんっ！

たった今までイーザーのいた背後《はいご》の壁《かべ》が砕《くだ》け散った！

この威力《いりょく》なら、重装戦車の装甲《そうこう》も貫《つらぬ》けるだろう。

パワード・スーツの装甲など、かすめただけでえぐれ散る。

続いて下部の砲座が光を放つ。

砲身《ほうしん》は、『ベフィーモス』の方を向いてはいない。

にもかかわらず。

放たれた光の槍《やり》は、本能的に足を止めたイーザーの目の前を行き、過ぎた。

さきほど脚の間に展開し、シールドとして利用した電磁場の威力を弱め、ビームの軌道《きどう》を屈折《くっせつ》させたのだ。

となれば砲身の動きから、ビームの軌道を読むことはまず不可能である。

中距離戦《ちゅうきょりせん》は不利。ならば――

イーザーは床《ゆか》を蹴《け》り、一気に六本脚との距離を詰《つ》める。

が、その動きに反応《はんのう》し、予想外の速度で横移動し、距離を取る六本脚。

――反応――

そう。パワード・スーツに身を包み、多少は遅《おそ》くなっているとはいうものの、イーザーの動きに即座《そくざ》に反応したのである。

デスクを蹴散《けち》らし距離を取りつつ、六本脚は下部砲座を連射する。

パテーションを、デスクを、ディスプレイをぶち抜きながらも、回避《かいひ》に移《うつ》るイーザーを的確に狙《ねら》って来る。

――手間《てま》がかかりそうだな――

そう判断《はんだん》し、イーザーは接近をあきらめ、横に跳ぶ。

となれば先にシェルジェスタ＝ラガインを倒《たお》す。

これを倒すのはそのあとでも十分である。

六本脚の機動力はかなりのものだが、そのボディは、パワード・スーツに比べてとにかく大きい。

ならば、ビルの狭《せま》い通路などを利用すれば、振《ふ》り切るのはそう難しくないだろう。

思ったその時。

横手に殺気が閃《ひらめ》いた。

迷わず後ろに跳《と》ぶイーザー。

その眼前を閃光《せんこう》が過ぎ、窓を貫《つらぬ》き、夜空に消える。

撃《う》ったのは――

イーザーがやって来た階段から姿を現した、二機目の六本脚《あし》だった。


「多脚式《たきゃくしき》機動兵器――我々はこれを、装甲機獣《アームファング》『アーメット』と呼んでいます」

ディスプレイに映し出された戦況《せんきょう》を眺《なが》めつつ、ラガインは、ラインゴートにそう説明した。

六本脚のマシンが二機、ダークブラウンのパワード・スーツと交戦している光景を。

――地下の実験工場から出撃《しゅつげき》させた『アーメット』二機は、一階から侵入《しんにゅう》した襲撃者《しゅうげきしゃ》に追いつき、交戦を開始していた。

「……結構速いな……」

画面に見入ってつぶやくラインゴート。

監視《かんし》カメラに映し出された機体は、まるでカメラの早回しのように、異様な速さで攻防《こうぼう》をくりひろげている。

「戦闘《せんとう》車両やパワード・スーツに替《か》わる機体として開発したものです。

火力と装甲《そうこう》は戦闘車両に準じ、機動性はパワード・スーツに匹敵《ひってき》します。これをご提供しようかと思うのですが？」

「……ふむ……」

ラインゴートは、ちらり、とラガインの顔色を伺《うかが》い、

「……しかし、ということは……

火力と装甲は戦車以下、機動性ではパワード・スーツ以下、ということではないのか？　戦車やパワード・スーツに替わる、と言ったが、現に二機がかりで、あのパワード・スーツ一機を、いまだ倒《たお》せんではないか」

「あっさり倒したのでは、総督《そうとく》どのへのデモンストレーションにはなりませんからな」

ぴくりとも表情を変えずに言い放つ。

ここで、『相手のパイロットはクロフト社の造った生体兵器だから』と説明するのは簡単だが、そんなことをして、ラインゴートが――いや、ティコ連邦《れんぽう》が、それならクロフト社と契約する、などと言い出してはたまらない。

ラインゴートに言っていないことは、もう一つある。

姿を消したコラードから、相手は、普通《ふつう》の人間ではたちうちできない反射能力を持っていると聞いていたからこそ。

『アーメット』のパイロットたちには薬を投与《とうよ》してあるのだ。

ダストブローで研究していた、未完成の強化薬を。

それが、『アーメット』プラスという作戦名《コードネーム》の由来だった。

当初の目的――戦闘《せんとう》経験のない民間人を、薬品投与と簡単な暗示命令だけで洗脳し、なおかつ運動能力を上昇《じょうしょう》させる、というのはいまだ達成されていなかったし、副作用の問題も解決されてはいない。

しかし――

訓練されたパイロットに投与し、退却《たいきゃく》、という単語を忘れさせることくらいは造作《ぞうさ》なかった。

あとの問題は、副作用――能力をフルに発揮《はっき》し続けた肉体が、一体いつ耐《た》えられなくなるか、だが、まあ、相手を始末《しまつ》するくらいの時間は保《も》つだろう。

ラガインはそう踏《ふ》んでいた。

「――で、ザイベック、上の方はどうなっている?」

なにげなくそう問いかけて――

ラガインはわずかに眉《まゆ》をひそめた。

彼の問いにもうわの空で、ザイベックは、完全に顔色を失っていた。

――上で何かあったな――

ラガインは瞬時《しゅんじ》にそう察していた。

ザイベックは、うろたえる――どころか、ほとんど茫然自《ぼうぜんじ》失《しつ》である。何かよほどのトラブルがあったのだろう。

確認《かくにん》したいところだが、ラインゴートの前で不手際《ふてぎわ》を晒《さら》す気にはなれなかった。

「──まあいい。上は任せる」

無関心を装《よそお》って、ラガインは、ふたたび画面に目を戻《もど》したのだった。


──ひょっとしたら……ちょっと遊びすぎてるかも……

サミィがようやくそう自覚したのは、上から順に四階ぶんを、暴れまくって通り過ぎたあとのことだった。

単に飽《あ》きてきた、という説もあるが。

机を投げるわイスを投げるわパテーションでどつき回すわと、いろいろさんざんやり倒《たお》しながら、順ぐりに階を下っていったのだが、こんなペースで進んでいては、一体いつになったら、イーザーと合流できることやら。

上と下からの両面攻撃《こうげき》をしかけ、逐次《ちくじ》敵を撃退《げきたい》し、合流した時点で一応作戦終了《しゅうりょう》、というのが今回の計画である。

そして、上の担当を買って出たのがサミィだった。

シェルジェスタ＝ラガイン当人は倒せなくても別にいいが、もし倒せるなら、それに越《こ》したことはない。

でもってこういう場合、悪の親玉というものは、むやみに高い場所にいるものである。

つまり——ラガインをぶちのめすのはこのあたしっ！

彼女はそう思っていたのだが——

いざ実際に下りはじめてみると、最上階も、その下も、ただのオフィス・ルームになっており、ラガインがいる様子《ようす》はない。

彼がどの階にいるのか、事前に調べることができればよかったのだが——

なにしろこの行動は、本社にはないしょのアフター・サービス。

もくろみがバレて止められる以前に決行する必要があったのだ。

そのあたりでぶち倒《たお》した奴《やつ》に、ラガインの居場所を聞く、というテもあるのだが、正直に答えてくれるとは限らない。

『……結局しらみつぶし、ってことね……』

つぶやいて、次の階からはサクサク行こう、などと思いつつ階段を下り——

『…………………』

一階下りたその場で、サミィは沈黙《ちんもく》した。

やはり今までと同じ、オフィス・ルーム。

違《ちが》うのは、待ちうける男たちがいなかったこと。

くわえて、あたりがすでに荒《あ》れていること。

異様な空気が——漂《ただよ》っていた。

パワード・スーツの機体越《ご》しにもわかる。はりつめたような——

視線と殺気。

ゆっくりと。

サミィは歩みを進めた。

散乱した書類。

裂《さ》かれたパテーション。

ここにいた連中が抵抗《ていこう》したのだろう。ところどころに弾丸《たま》のあとも残っている。

つまり、連中にとっての敵が現れた、ということになるのだが——

イーザーにしては早すぎる。となると一体——

ひたりっ、とサミィの足が止まった。

敷きつめられた、安物の、明るい灰色《ライトグレイ》のじゅうたんが、赤黒い色に染まっていた。

色の正体は想像がつく。

もしもパワード・スーツを纏《まと》っていなければ、サミィの鼻は、むせかえるような血臭《けっしゅう》をかぎ取っていただろう。

死体は——もうひとつ先のパテーションの向こうに転がっていた。

めちゃくちゃに引き裂《さ》かれ、食いちぎられたかのような、いくつもの死体。

『……うっ……』

サミィが思わず小さく呻《うめ》いた、その瞬間《しゅんかん》——

じゃっ！

パテーションの陰《かげ》から、黒い影《かげ》がひとつ躍《おど》り出た！

迷わず腕《うで》のビームバルカンを連射する！

しかし影は、腕を伸《の》ばしてパテーションを支えに、虚空で軌道《きどう》を変更《へんこう》し、ビームの雨をかわしてふたたび物陰《ものかげ》にひそむ。

『……ウソでしょ……？』

愕然《がくぜん》とつぶやき、佇《たたず》むサミィ。

影は——どこかでこちらを伺《うかが》っている。

見えはしないが気配でわかる。

それは、人、ではなかった。

一瞬《いっしゅん》のことである。まじまじと観察したわけではない。

しかし、人間でないことくらいはそれでわかった。

大きさはたしかに人間大だったが、手足のバランスが、ヒトとは微妙《びみょう》に違《ちが》っていた。

全身を覆《おお》う黒い色は、服などではなく、おそらく獣毛《じゅうもう》——

そして、こちらに向けられたあの視線——

それは、決してヒトのものではない。

肉食獣のものだった。


ディスプレイを呆然《ぼうぜん》と眺《なが》めたまま。

ザイベックは、ただ、震《ふる》えるだけだった。

ラガインやラインゴートのいる場所からは、彼の眺めている画面は死角になっている。

そこに映し出されているのは――

ついさきほどまで、ともに働いていた同僚《どうりょう》たちの、無惨《むざん》な姿――

八十階にある実験施設《しせつ》。

そこでは、姿を消したコラードが九割方完成させていた、生体兵器《バイオウエポン》の研究を行っていた。

遺伝子操作生体兵器《ジーン・バイオウエポン》『ケルベロス』。

コラードの研究施設があった惑星《ほし》――ファーサイドとかいう場所の原住生物と、ヒトの遺伝《いでん》子《し》をベースにつくり出された、と、ザイベックはそう聞いていた。

命令判断《はんだん》能力に問題のあった『ガルム』というタイプの生体兵器《バイオウエポン》の、発展・改良型である。

そして、ここでやっていた実験はもう一つ。

『アーメット』のパイロットたちにほどこしたのと同じことと――

つまり。

生体兵器《バイオウエポン》に薬品を注入し、さらに戦闘《せんとう》能力を上げる実験だった。

すなわち、ケルベロス・プラス。

むろん薬の成分は、人間用のものとは違《ちが》う。

理論面ではほぼ完成し、薬も一応できあがっていた。

だが——

実際に、生体兵器《バイオウエポン》に投与《とうよ》するのは、これがはじめてだったのだ。

一体、何が間違《まちが》っていたのか——

与《あた》えた命令か。薬品の分量か。

それとも、もっと根本的な部分で間違いがあったのか。

薬を与えられた三体の『ケルベロス』は暴走し、檻《おり》を引き裂《さ》き、扉《とびら》を破り、実験室の所員たち、そのことごとくを引き裂《さ》いた。

食うためにでもなく、ましてや自衛のためでもなく。

ただ、殺すために。

所員を殺しつくしたあと。

三体のケルベロスは、研究室の扉を破り、外へと出ていった。

一体今はどこにいるのか、正直言ってわからない。

本気で捜せば見つけることはできるだろうが、まさかこんなことを、ラガインに報告するわけにはいかなかった。

——終わりだ——

ザイベックは、ただ呆然《ぼうぜん》と、ディスプレイを眺《なが》め続けるだけだった——

閃光《ひかり》が虚空《こくう》を貫《つらぬ》くたびに、デスクが吹《ふ》き飛びじゅうたんが灼《や》け、むき出しになったコンクリートにコゲ跡《あと》だけを残してゆく。

ついさきほどまでオフィスだったその場所は、『アーメット』の砲座《ほうざ》が火を吹くごとに、平らな床《ゆか》へと近づいてゆく。

イーザーの『ベフィーモス』が、二機の『アーメット』の間に立つ。

うかつに砲撃《ほうげき》をすれば、同士討《どうしう》ちになる場所である。

だが。

二機はかまわず、下部の砲座からビームを発射した！

紙一重《かみひとえ》でかわす『ベフィーモス』。

二条の光は交錯《こうさく》し、互《たが》いに向かって飛び——

当たった、と見えたその瞬間《しゅんかん》。

いきなり下に屈折《くっせつ》し、コンクリートの床《ゆか》に深い穴を穿《うが》つ。

双方《そうほう》が、脚《あし》の間に展開した電磁場で、互《たが》いの放ったビームのベクトルを下に向けたのだ。

同士討《どうしう》ちのもくろみは、どうやらうまく行かなかったようである。

しかしかまわずイーザーは、もう一度二機の間に位置した。

ふたたび同じことのくり返し。

いや――三たび、そして四たび。

いくどそんなことをくり返したか――

『ベフィーモス』は、いくど目かの砲撃《ほうげき》をかわした直後、両手を左右に大きくひろげ、双方の『アーメット』の方に向かって、ビームバルカンの雨を降らせる！

むろん、『アーメット』が脚の間に電磁場を展開している限り、直撃《ちょくげき》は望めない。

だが。

狙《ねら》いは『アーメット』本体ではなくその下――

すなわち床！

『アーメット』自身の砲撃で脆《もろ》くなっていた床に、ビームバルカンの雨が降る。

そこに『アーメット』の自重が加わり――


がぐんっ！


巨岩《きょがん》の砕《くだ》ける音とともに、『アーメット』二機の足もとの床が崩《くず》れた！

コンクリート片と二機の『アーメット』は、そのまま一階下のフロアになだれ落ちる！

間髪《かんはつ》入れず、うち一方に詰《つ》め寄るイーザー！

ソデから飛び出た分子振動《しんどう》ブレードを右手に握《にぎ》り、はい上がりかけていた『アーメット』の上部装甲《そうこう》を目ざして跳《と》び下りる！

上部砲座《ほうざ》が動いて砲撃をかけるが、砲身《ほうしん》の動きから軌道《きどう》を読んだイーザーは、バーニアを吹《ふ》かして姿勢制御《せいぎょ》し、いともたやすくこれをかわす！

たとえ電磁場で屈折させたところで、下部砲座からの砲撃は、この位置にまでは届《とど》かない！

イーザーが手にした刃《やいば》は、『アーメット』の上部装甲に――


ぎぅぅぅんっ！


装甲に刃が届くその直前！

『アーメット』上部にあった、単なる装甲の起伏《きふく》としか見えなかった部分が、昆虫《こんちゅう》の脚《あし》のように持ち上がり、『ベフィーモス』の刃を止めたのだ。

――近接戦闘用《せんとうよう》補助アーム。

かつて一度、パワード・スーツとの戦いに敗れたその教訓を活《い》かし、とりあえず実験用に仮設された補助兵装である。

最終的には刃《ブレード》になる予定だが、今は直径にして五センチ強の分子振動棒《しんどうロッド》。

しかしそれでも、相手の刃を受け止めて、パワード・スーツをたたき落とす程度の力はある。

それが上部装甲《そうこう》に一対《いっつい》。

片方がイーザーの刃を受けた、次の刹那《せつな》！

ぐばんっ！

もう片方が『ベフィーモス』の胴《どう》を打っていた！

まともに吹《ふ》っ飛ぶ『ベフィーモス』！

背中から窓へと突《つ》っ込んで——

がぢゃあああんっ！

砲撃《ほうげき》でぼろぼろになっていた窓ガラスをぶち破り、夜の空へと投げ出される！

がぢゃっ。がぢゃっ。

二機の『アーメット』は、もとの階へとはい上がり、破れた窓の方へと歩みゆく。

うち片方が窓から身を乗り出した、その刹那《せつな》。

ごがががががっ！

ま下から、小型ミサイルの群れがその脚《あし》を襲《おそ》う！

壁《かべ》にワイヤーアンカーを食い込ませ、壁面から下にぶら下がった『ベフィーモス』による一《いっ》斉射撃《せいしゃげき》！

だが——この状況《じょうきょう》では、『ベフィーモス』自身もろくな回避《かいひ》行動はできない。

『アーメット』はあえて回避をしない！　二本の脚を縮《ちぢ》めてミサイルの斉射を受ける！

ごぅんっ！

爆発《ばくはつ》し、吹《ふ》きちぎれる二本の脚。

しかし同時に。

『アーメット』は、下部のビーム砲を、身動きの取れない『ベフィーモス』にたたき込んでいた！

爆光《ばっこう》が——夜空を彩《いろど》る。

濃厚《のうこう》で、露骨《ろこつ》な殺気があたりには漂《ただよ》っていた。

相手のツメと牙《きば》が、『イフリート』の装甲を貫《つらぬ》く力を持っているのかどうかはわからないが、あえて試《ため》してみる気はない。

——これは……相手にしない方がいいかも……

そう判断《はんだん》し、サミィは、じわりじわりと階段の方に向かって移動しはじめた。

このタイミングで現れた、正体不明の生物——

偶然《ぐうぜん》現れた、何かの第三勢力、ということはまずないだろう。

ならば、可能性は限られてくる。

おそらくは——自分たちを倒《たお》すために放たれた生体兵器の暴走、といったところではないだろうか。

もしもそうなら、相手にする必要はない。

とっとと先を急ぐのが得策というものだろう。

——先に行かせてくれるなら、の話だが。

じわりっ、と。

殺気がふくれ上がったのは、階段まであと少しのところだった。

刹那《せつな》、パテーションの向こうから黒い影《かげ》が飛び出る！

迷わずバルカンをばら撒《ま》くサミィ！

ゔぁらららららららっ！

放たれた光の雨は、まともにその影を貫《つらぬ》いた！

——だが——

違《ちが》う！

悟《さと》ったその時。

視界の片隅《かたすみ》に迫《せま》る影！

あわててふり向くサミィの目前に、黒い獣《けもの》の姿があった！

転がっていた死体を宙にほうり投げ、彼女の視線をそちらに向けて、横手からまわり込んだのだ。

『――くっ！』

身をひねり、距離《きょり》を取りざま右手をふるう。『イフリート』の鋼《はがね》の腕《うで》は、それの頭蓋《ずがい》を砕《くだ》くはずだった。

当たれば、の話だったが。

まるでこちらの動きを見越《みこ》したかのように、直前で影《かげ》は横へ跳《と》ぶ！

さらに後ろに退《さが》りつつ、そちらに腕を向けるサミィ。

瞬間《しゅんかん》――

ぞわりっ。

悪寒《おかん》が背中を駆《か》け抜《ぬ》ける。

その正体もわからぬうちに。

どんっ！

衝撃《しょうげき》が。

『イフリート』の機体を襲《おそ》った。

背後《はいご》から、何かが衝突《しょうとつ》したのだ。

モニターを後面に切り替《か》え――

サミィは慄然《りつぜん》とした。
そこ――『イフリート』の背面《はいめん》には、黒い塊《かたまり》がはりついていた。
二匹《ひき》目の――獣。
しかしサミィが恐怖《きょうふ》したのは、二匹目の存在に、ではなかった。
とりついた二匹目の右前足――いや、右手が、『イフリート』の背に設置されている、搭乗《とうじょう》ハッチの強制解放装置にかかっていたがゆえだった――

虚空で光に包まれて。

ごうんっ！

『ベフィーモス』のボディが爆砕《ばくさい》した！
二機の『アーメット』が勝利をおさめた瞬間《しゅんかん》――
――では、なかった。
……がぐんっ！
唐突《とうとつ》に。
窓から身を乗り出していた方の『アーメット』が、脚《あし》を折ってその場にへたり込む。
何が起こったのか――もう片方の位置からではわからない。

二機目の『アーメット』のパイロットは、警戒し、やや距離《きょり》を置いて立ち止まる。

一機目は、もはやぴくりとも動かない。

しばしの静寂《せいじゃく》が流れ――


ごがぁぁぁぁんっ！


一機目が爆発《ばくはつ》・炎上《えんじょう》した！

炎《ほのお》と電磁波がふき荒《あ》れて、一瞬《いっしゅん》、残る『アーメット』の各種センサーが麻痺《まひ》する。

その中を。

パイロットは、こちらへと向かう一つの気配を感じ取っていた。

画面に映し出されたのは、炎を縫《ぬ》って駆《か》け来る銀色の軌跡《きせき》。

――イーザー＝マリオン。


黒い獣《けもの》。

そう呼ぶのが一番ふさわしいそれには、しかし、高い知能があった。

サミィはようやく、そのことを悟《さと》っていた。

一匹《ぴき》が殺気をむき出しにし、こちらの注意を引いておき、殺気を隠《かく》したもう一匹が、後ろから襲撃《しゅうげき》をかける――

おそらくそれらは、自分たちのツメがパワード・スーツには効果が低いこと、そしてパワード・スーツから、その中身を引きずり出す手段を知っている。

サミィにはそんな気がした。

その瞬間《しゅんかん》。

どんっ！

サミィは、『イフリート』の背中にある砲撃用《ほうげきよう》バックパックを、炸薬《さくやく》を使って強制排除《はいじょ》していた。

――ガァッ!?――

圧《お》されて退《さ》がる後ろの一体。

ふりむきざまに、右手のバルカンを一連射！

まともに体勢を崩《くず》していたそれを、バックパックごと撃《う》ち抜《ぬ》いた！

ぐごぉんっ！

バックパックが爆発《ばくはつ》し、黒い獣《けもの》をぼろ布と化す！

――これで一つ！

思ったその時。

ぷしっ。

エアーの音とともに、胸から頭部にかけての、『イフリート』搭乗《とうじょう》ハッチがはね上がる!

倒《たお》した後ろの一体は、強制解放スイッチを引ききっていたのだ!

ハッチが開くと全く同時に。

だんっ!

『イフリート』の両腕《りょううで》に、黒い獣が着地した!

両手両足で『イフリート』の両手の動きをおさえ——

——ごあああぁっ!

濡《ぬ》れた牙《きば》が、無防備になったサミィののどもとに迫《せま》る!

ミサイルの発射をオートに設定し、イーザーは、『ベフィーモス』から抜け出すと、やや離《はな》れた場所で、窓の出っぱりにぶら下がっていた。

のこのこと顔を出した一機の『アーメット』は、脚《あし》の二本を代償《だいしょう》に、無人の『ベフィーモス』を爆砕《ばくさい》し——

その瞬間。

イーザーは動いた。

『ベフィーモス』の爆発《ばくはつ》が、『アーメット』のセンサー類をくらませているその一瞬《いっしゅん》に。

幅《はば》十センチほどの、窓の出っぱりを一気に駆《か》け抜《ぬ》け——

手にした分子振動《しんどう》ハチェットで、深々と、『アーメット』の本体を切り裂《さ》いたのだ。

そして今。

その一機目の爆風《ばくふう》に乗り、二機目に向かって走り寄る！

こちらの存在に気づいた『アーメット』は、上下の砲座《ほうざ》で同時に砲撃《ほうげき》をしかけてくる。

しかしセンサーが使えないぶん、砲撃に正確さは欠けている。

イーザーは横に跳《と》び、その攻撃《こうげき》をたやすくかわす。

そのまま一気に間合いを詰《つ》めて――

ぐわっ！

『アーメット』が一本の脚《あし》を持ち上げ、イーザーに向かってふり下ろす！

だが――その動きは、イーザー相手には、あまりにも遅《おそ》すぎた。

ざぎんっ！

ハチェットが、ふり上げた脚を虚空で薙《な》ぎ斬《き》ると、銀色の残光は、そのままスピードをゆるめずに、『アーメット』の機体の下を駆け抜ける！

……ぐ……どずんっ……

本体の腹を裂《さ》かれた『アーメット』が、床《ゆか》にくずおれたその時には。

イーザーは、はや次の階へと向かっていた。

鮮血《せんけつ》が——しぶいた。

食いちぎられたのどもとから。

——ごぶっ。

肺《はい》の空気が血と混じり、むせかえるような音を立てた。

噴《ふ》き出す血潮《ちしお》が、サミィの服を赤く染め上げる。

そして。

——ぶっ！

サミィは、口の中の肉片を吐《は》き出した。

たった今嚙《か》みちぎった、獣《けもの》のノドの肉を。

そう。

勝利を確信し、サミィにむさぼりついてきた獣のノドを——

身を乗り出した彼女が、逆に嚙み裂いたのだ。

自分の、口で。

『イフリート』を操《あやつ》って、血を吹《ふ》き、もがく獣をほうり投げ、そこにバルカンを一連射！

悲鳴《ひめい》すら上げずにそれは絶命した。

「……うっ……!?」

吐《は》き気は、あとからやって来た。

なんとかこらえ、しばらく肩《かた》で息をつき――

やがて。

ずるりっ、と、疲《つか》れたしぐさで、サミィは『イフリート』から抜《ぬ》け出した。

血であふれたコックピットに、身をひたしてなどいたくなかった。

その場に、ぺたりっ、とへたり込み、しばらく息を整える。

「……こーいうことが……とっさにできちゃうのって……

……やっぱし……あたし……人間じゃないんだなぁ……」

つぶやいた声はわずかにふるえていた。

――倒《たお》れて動かぬ獣《けもの》たちが、サミィには、まるで自分の末路に見えた――

強い血臭《けっしゅう》。

あたりに立ちこめているのはそれだった。

五十一階――

廊下《ろうか》は、無人だった。

いや。

無人になっていた。

イーザーがたどり着くのが、あともう少し早ければ、銃《じゅう》を手に、五体を裂《さ》かれて、そのあたりに転がっている男達の相手をするのは彼だっただろう。

だが――彼がやるべきことを、どうやら別の何かがやってくれたようである。

決してスマートとは言えないやりかたで。

むろん、やったのがサミィでないことはわかっている。

転がる死体に残る傷跡《きずあと》は、何かのツメと牙《きば》によるもの。

ならば。

イーザーの知らない何かが、この殺戮《さつりく》を為《な》したのだ。

かまわずに――

イーザーは歩みを進めた。

まるで、自《みずか》らの進むべき道を知っているかのように。

血にまみれた廊下を歩み、やがて大きな扉《とびら》の前にたどり着く。

両開きの、艶光《つやびか》りする木の扉。

いや、表面は木で覆《おお》われてはいるものの、扉の芯《しん》は金属製。おそらく、なまはんかな銃弾《じゅうだん》程度なら止めるだろう。

芯が金属製とわかった理由は簡単だった。

扉《とびら》の、カギの部分。

そこに、表から幾度《いくど》も幾度もかきむしられ、穿《うが》たれた爪《つめ》の跡《あと》がある。

ひしゃげ、ねじれちぎれたロック部分。

扉が開いたままの奥《おく》の部屋《へや》――そこにもやはり、死が満ちていた。

だだっ広いその部屋には、裂《さ》かれた机。倒《たお》れた書架《しょか》。

何かのコントロール・デスクに突《つ》っ伏《ぷ》す白衣姿は、頭の一部を嚙《か》みちぎられている。

銃《じゅう》を手にしたまま倒れている男が二人。

片方は、イーザーの知っている顔だった。

シェルジェスタ＝ラガイン。

肩《かた》とノドとを引き裂《さ》かれ、はや完全に絶命していた。

もう片方の男は、秘書兼《けん》護衛、といったところなのだろう。こちらもすでに息絶《た》えている。

未完成な実験により暴走した兵器――『ケルベロス』プラスのうち一匹《ぴき》が、自《みずか》らを生み出したものたちに、滅《ほろ》びの運命をもたらしたのだ。

やや離《はな》れてさらにもう一人。

腹を裂かれて倒れた男のその顔にも、イーザーは見覚えがあった。

そちらへときびすを返した――その瞬間《しゅんかん》！

生まれ出た殺気とともに、机の陰《かげ》からイーザーの背へと、黒い獣《けもの》が飛びかかる！

しかし。

イーザーは、潜《ひそ》んだ殺気に気づいていた。

横に跳《と》びつつふり向きざまに、右手のハチェットをふるう！
ぎんっ！
獣はツメで、ハチェットの刃を一瞬《いっしゅん》止めて、イーザーから距離《きょり》を置いて着地する。
ツメが数本折れ飛んだが、それはしょせん、それだけのこと。
着地と同時に床《ゆか》を蹴《け》り、獣は横手にまわり込む。
「……速いな……」
ひとごとのようにつぶやくイーザー。
目の前にいる黒い獣は、一体何なのか？
その正体など、別に知りたいとも思わなかった。
ただわかるのは、それが、退《ひ》くことを知らぬ敵であること。
すなわち、倒すべきものであること。
それで十分だった。
一旦《いったん》大きく距離を取り。
黒い獣が迫《せま》り来る。
今のままではスピードは獣の方が上。
相手の間合いを外し、こちらの攻撃《こうげき》を当てるには、読みとスピードが必要である。
ならば。

イーザーが——動いた。

黒い獣《けもの》に向かって。

極端《きよくたん》な前傾《ぜんけい》姿勢で駆《か》け出すと同時に、右手に持っていたハチェットを口でくわえ、上体をさらに倒《たお》して——

だんっ！

その両の手が床《ゆか》を打つ！

両足に、両手の力を加え、イーザーが一気に加速する！

さながら銀色の獣のように！

ざぎんっ！

二つの獣が交錯《こうさく》し——

白と黒——

……ごぶっ……！

間合いを外され、黒血を撒《ま》いて倒れたのは、黒い獣——『ケルベロス』。

イーザーが、ダストブローで、ロートレックを一撃《いちげき》のもとに下したのも、この方法だった。

黒い獣の命が尽《つ》きたのを見てとって。

イーザーはふたたび身を起こした。

その耳に——

「……う……ぐ……」

小さな呻《うめ》き声が届《とど》いた。

まだ生きている者がいる。

声は、腹を裂《さ》かれた男の方からだった。

イーザーは無造作にそちらに歩み寄る。

事前調査で、資料の中にあった顔。

惑星《わくせい》フリード総督《そうとく》、テオドア＝ラインゴート。

どうやら『ケルベロス』が彼に止《とど》めを刺《さ》す前に、イーザーがここにたどり着いたようである。

イーザーは、男の横にかがみ込む。

ラインゴートはうっすらと目を開け、イーザーの姿を瞳《ひとみ》に映し出す。

「……た……助げ……助けでくれ……」

血泡混じりの呼びかけに――しかし、イーザーの表情は動かない。

「……助け……レスキューを……」

出血がはげしいが、すぐに適切な処理をして、レスキューを呼べば、あるいは助かるかもしれない。

――が。

「助ける必要は認めない」

それが、イーザーの答えだった。

「……なっ……！」

ラインゴートの目が驚愕《きょうがく》に見開かれる。

「……な……なぜっ……!?」

「組織と関係していたからだ」

「……き……ぎ……ぎざまぁぁあっ！」

ラインゴードの顔に怒《いか》りの表情が浮《う》かぶ。

血の気を失《な》くしたそのままで。

「……わじをっ……わしを誰《だれ》だど思ってるっ……!?

ごのフリードのっ……総督《そうとく》だぞっ……！」

「死の前に、肩書《かたが》きなどは意味がない」

「……ぎざまっ……！」

イーザーのえり首に手を伸《の》ばしかけ――

――そこが。

ラインゴートの限界だった。

怒《いか》りによる興奮《こうふん》は出血をうながして――

かくんっ、と糸が切れたように、ラインゴートの全身からその力が抜《ぬ》けた。

憎悪《ぞうお》も勝利感もなく。
何の感慨《かんがい》も抱《いだ》かずに、イーザーはその場に立ち上がる。
怒りをあおったつもりはなかった。
ただ、問われるままに、自分の判断《はんだん》と事実とを、淡々《たんたん》と述べただけなのだから。
あとはサミィと合流して——
思った背後《はいご》に、気配が現れた。
ふり向いた視線の先——部屋《へや》の戸口には。
全身血にまみれたサミィの姿。
どくんっ。
イーザーの心臓がはね上がる。
「——サミィ!?」
あわてて駆《か》け寄るイーザーに、しかしサミィは笑《え》みを浮《う》かべる。
——弱々しい笑みではあったが。
「……あ。だいじょーぶよ。
いろいろあって、ちょっとハデなかっこうになってるけど」
確かに彼女は、壮絶《そうぜつ》な姿になってはいるものの、ケガをしている様子《ようす》はない。
サミィはあたりを見回して、黒い獣《けもの》の死体に気づき——

それで大体、何が起こったかを察していた。

「……どーやら終わってるみたいね……」

「ああ。ラガインも死んでいる」

「――なら――」

はふ、と大きく息をつき、サミィはイーザーにウインクを送る。

「撤収《てっしゅう》よ。とっとと帰ってシャワーでも浴びましょ」

言ってくるりときびすを返すサミィに、イーザーは、彼にしては珍《めずら》しく、とまどいの視線を向ける。

「……どしたの？」

肩越《かたご》しに問う彼女に、イーザーは、自分でもなぜかわからぬままに視線をそらし、

「……いや……

血だらけのお前を見た時、一瞬《いっしゅん》、状況《じょうきょう》判断能力《はんだんのうりょく》が混乱した」

「……そーいうのはね、イーザー。

『心配した』って言うのよ」

「そうか。

心配したぞ。サミィ」

「はいはい」

戯《ざ》れ言《ごと》のような会話を交わしつつ——

そして二人は、この戦場をあとにしたのだった。

エピローグ

その通信が入ったのは、二人が『モーニングスター』に戻《もど》ってひと息ついた――ちょうどそんな時だった。

『……もしもぉぉぉし……？』

艦内《かんない》にあるリビング・ルーム。

壁《かべ》のパネルに映し出されたのは、二十をいくつか過ぎた頃《ころ》の金髪《きんぱつ》の青年。

ハンサムではあるのだが――やや間《ま》の抜《ぬ》けた丸メガネ、猫背《ねこぜ》でどこかおどおどした様子は、はっきり言って頼《たよ》りない。

この、しんそこ頼りなげな男こそが。

シェリフスター・カンパニー社長、ティモシー＝マイスターその人だった。

――もっとも、口の悪い者に言わせれば、『クロフト本社の使いっ走り』だそうだが。

「――はい。こちら『モーニングスター』サミィ＝マリオンです」

シャワーを浴びて着替《きが》えをすませ、いつもの姿に戻《もど》ったサミィは、何くわぬ顔で受け答えをする。

『……あぁぁ……やっと連絡とれた。どこ行ってたの？』

「いやあのなんか通信状況《じようきよう》がよくなくてっ！」

イーザーが口を開くより早く。あわててサミィがまくし立てる。

彼になど任せておいては、バカ正直に『ラガイン本部に殴《なぐ》り込みに行ってました』などと答えかねない。

『……そうか……』

いや、ほら、あのなんとかっていう親子、うちの系列の病院に入れただろ？けど考えてみたら、依頼《いらい》は、娘《むすめ》を取り戻《もど》す、ってことだから、その時点で終わってるはずじゃないか。

けど、親子が病院に入って何日も経《た》ってるのに、そういえば、きみたちから任務終了《しゆうりよう》の報告がないなーって……さっきふと思ってさ』

なんだかのんきなことを言う。

「……あー……いやまあ……」

もちろん任務は終了してます。

……あ。ところで社長、話は変わりますけど……」

『なんだい？　サミィくん？』

「『ベフィーモス』全壊《ぜんかい》しちゃったんで、かわり、お願いします」

『ぅなぁぁぁぁあああぁっ!?』

さらりと言ったサミィのことばに、やたらおおげさにのけぞり、絶叫《ぜっきょう》するティモシー。

『……あ……！　あのねえっ！　そんなあっさりとっ……！

なんっだってきみたちはそうっ……！　パワード・スーツは消耗品《しょうもうひん》じゃあないんだよっ！

……ぁあああぁぁぁ……また本社からお目玉だよぅ……

けどなんで全壊なんて……!?』

「まあ、くわしくは、報告書をあとでお送りしますので。

とにかくっ！」

カメラに向かって、ぴっ！　と敬礼してみせて、

「シェリフスター・カンパニー、チーム・モーニングスター、ただ今をもって無事、任務完了《かんりょう》しましたっ！

それではっ！」

『それでは……って……』

何やらもごもごと言うティモシーにはかまわずに、サミィは強引《ごういん》に通信を切った。

……ふぅっ……と、ため息ひとつつき、

「……報告書って……ひょっとしたら……最大の敵かも……つじつま合わせ大変よー……」

つぶやくサミィのその肩《かた》を、イーザーは、ぽんっ、と叩《たた》き、

「努力してくれ」

「ちょっと待てイーザーっ！　何あたしに任せてんのよっ⁉」

「なら私が作成してもいいのか？」

「……うっ……」

問われてサミィは口ごもる。

もしイーザーに任せたなら——事実そのまんまをまっ正直に書いたシロモノができ上がるか、みえみえのウソのオンパレードになるだろう。

どっちにしても使えない。

「——やっぱしあたしかぁぁぁぁっ⁉」

サミィの悲痛な絶叫《ぜっきょう》が、リビング・ルームに響《ひび》き渡《わた》った。


惑星《わくせい》フリードでのその事件は、大きな波紋《はもん》を呼んだ。

犯罪組織の本部と化したビルの壊滅《かいめつ》。

原因は、そこで開発していた兵器の暴走とみられている。

トップの消えたラガイン・コネクションは、内部分裂《ぶんれつ》を起こし、その混乱はテルミナ・シンジケートも巻き込んで、大規模《だいきぼ》な組織の崩壊《ほうかい》をもたらした。

しかし何よりも問題なのは――

事件の現場で、ティコ連邦《れんぽう》から派遣《はけん》されていた総督《そうとく》が遺体《いたい》で発見されたことだった。

政府上層部と犯罪組織との癒着《ゆちゃく》は表ざたとなり、フリードでは、独立の動きも出てきた。

あわててもみ消しとトカゲのシッポ切りに走りはじめた、ティコ連邦上層部には、その動きを止める余力はないだろう。

衛星チャンネルの報道特番は、フリードの情勢をそう報じていた。

「――うれしそう――」

「ん？」

かけられた声に、彼はそちらをふり向いた。

窓辺に佇《たたず》む、車椅子《くるまいす》の少女に。

「――おとうさん、うれしそう」

「……ああ。

少しだけ、ね。

少しだけ、いいことがあったんだよ。コリィ」

少しずつ。しかし確実に。

心をとり戻《もど》しつつある少女に、マーティン＝ステアーは、優《やさ》しい笑《え》みを送ったのだった――

あとがき

千年代の終焉《しゅうえん》。

西暦《せいれき》二千年代の幕開《まくあ》け。

それは、新たな時代へ続く道なのか。

それとも破滅《はめつ》へ近づく一歩なのだろうか。

ま。なんでもいいや。（オイ）

こんにちは。神坂一《かんざかはじめ》と申します。

いよいよはじめてしまいました、新シリーズ。その名も「トラブルシューター　シェリフスター・MS」。


…………………………


タイトル長いわぁぁぁぁっ！

いや、このやうなタイトルになったのには、いろいろと事情とゆーものがありまして。

そもそものはじまりは担当さんのこのひとことと。

「ダブルキャストっていいですよねー。『ザ・スニーカー』と書き下ろしとで」

かくて。

二つのチームが交錯《こうさく》したりバラバラに動いたり、とゆーことで企画されたのが、この「シェリフスター」（初期タイトルはこんだけ）だったりします。

ちなみにこのシェリフスターとゆーのは、保安官バッヂのことだったりするのですが。

基本設定はヒネりも何もなく、ワープもできる未来の宇宙。はっきし言ってめちゃめちゃありがちな世界設定だったりします。

だって宇宙って好きだし。俺《おれ》。

いいですぞー。宇宙は。

黒いし。星がぴかぴかしてるし。

おまけに無限にひろがってたり星間物質《せいかんぶっしつ》がむやみにちらばってたりするんですよっ！

なおかつっ！　ビームとか撃《う》ってもご近所から文句を言われないっ！（わからんわからん）

……まあ寝言《ねごと》はさておき。

そーゆー舞台で、雑誌「ザ・スニーカー」連載版の、宇宙船『シューティングスター』チームの活躍《かつやく》を中心に描くバージョンと、「スニーカー文庫」書き下ろしの、宇宙船『モーニングスター』チームの活躍を中心に描くバージョンと、二つの平行展開をやってゆくことになったのですっ！

しかぁぁしっ！

ここで世に言う「タイトル」とゆー問題が出てきたのだったっ！

タイトルが「シェリフスター」だけだと、いくらなんでもちょてとさみしいし、座りも悪い。

でもって担当さんとの協議《きょうぎ》の結果！

作者「頭に『トラブルシューター』とか入れて、複数形の『シェリフスターズ』とかにしたら座りはよくなりますが」

担当さん「そーですね。それ行きましょう」

そして次にっ！　各バージョンのタイトルをっ！

作者「……いーかげんタイトル長いんで、『ＳＳ』とか『ＭＳ』でいーんじゃないでしょーか」

担当さん「そーですね……って、それはいーんですけど……

各巻のナンバリングどーします？

サブタイトルつけると、本気で背表紙に文字がおさまらなくなるんですけど」

作者「……………………………しまった考えてなかったぁぁぁぁっ！

サブタイトルがなしだとすると、やはり通しナンバーですか……

『１』『２』だと愛想がないんで、『０１』とか『０２』とかゆーのは？」

担当さん「……いや……別にいーですけど……『ＭＳ０１』とかって……某《ぼう》ジ○ン公国とかで

開発されてそーなタイトルなんですけど……」

作者「それは言うなぁぁぁぁぁっ！」

——かくて。

このやたらくそ長いタイトルの本はできあがったのだった！

みんな作者が悪いんじゃねーか、とゆー説はもちろん秘密だが！

本屋さんに注文する時はぜひ『とらぶるしゅうたぁしぇりふすたーずえむえすぜろいち』と正式に、なおかつ一気に言いつのりましょう！

今ならもれなく店員さんが『は？』とか聞き返してくれる特典つき！

もしもフルネームを言ったにもかかわらず、店員さんに聞き返されなかった場合、お手紙にてご一報を！

もれなく作者が『いやマジで書いてきた奴いたよオイ』とかつぶやきます！

まあともあれ。

そんなこんなではじまりましたこのシリーズ。

連載の方は、隔月刊《かくげつ》の「ザ・スニーカー」で、この文庫発売より先に連載《れんさい》が開始されたわけですが、これも分量がまとまれば、随時文庫化してゆく予定で、ま、書き下ろし、連載のまとめ、ともに年一冊ずつくらいのペースで出るのではないかとゆー説もある今日この頃だったりします。

二つのチームがどこでどのよーに交錯し、あるいはぜんぜん交錯しないのかっ⁉　はっきし言って作者もちっとも決めてないっ！

未来は誰にもわからない、なんてことばがあるけど、作者にもわかってないっつーのはちょっぴしマズいんじゃないかオイ⁉

実際連載ぶんの方なんて、『スペオペ（スペースオペラの略。ひらたく言うと宇宙活劇と解《かい》釈《しゃく》すればオッケー）連載はじめるぞっ！』とか言いつつ、最初のエピソードだとぜんっぜん宇宙に出てないし。（オイ）

……ま、いいか！　世の中なるよーになるんだしっ！

何はともあれ、はじまりましたこのシリーズ、今後ともご愛顧《あいこ》いただけましたら幸いです。

神　坂　一

トラブルシューター
シェリフスターズMS
mission 01

神坂《かんざか》 一《はじめ》

角川文庫　11325

平成十二年一月一日　初版発行

発行者――角川歴彦

発行所――株式会社角川書店

東京都千代田区富士見二―十三―三

電話　編集部(〇三)五二二九―三六一〇

営業部(〇三)三二三八―八五二一

〒一〇二―八一七七

振替〇〇一三〇―九―一九五二〇八

印刷所――暁印刷　製本所――コオトブックライン

装幀者――杉浦康平

S 46-9　　ISBN4-04-414609-8　C0193

角川文庫発刊に際して

角川源義

第二次世界大戦の敗北は、軍事力の敗北であった以上に、私たちの若い文化力の敗退であった。私たちの文化が戦争に対して如何に無力であり、単なるあだ花に過ぎなかったかを、私たちは身を以て体験し痛感した。西洋近代文化の摂取にとって、明治以後八十年の歳月は決して短かすぎたとは言えない。にもかかわらず、近代文化の伝統を確立し、自由な批判と柔軟な良識に富む文化層として自らを形成することに私たちは失敗して来た。そしてこれは、各層への文化の普及滲透を任務とする出版人の責任でもあった。

一九四五年以来、私たちは再び振出しに戻り、第一歩から踏み出すことを余儀なくされた。これは大きな不幸ではあるが、反面、これまでの混沌・未熟・歪曲の中にあった我が国の文化に秩序と確たる基礎を齎らすためには絶好の機会でもある。角川書店は、このような祖国の文化的危機にあたり、微力をも顧みず再建の礎石たるべき抱負と決意とをもって出発したが、ここに創立以来の念願を果すべく角川文庫を発刊する。これまで刊行されたあらゆる全集叢書文庫類の長所と短所とを検討し、古今東西の不朽の典籍を、良心的編集のもとに、廉価に、そして書架にふさわしい美本として、多くのひとびとに提供しようとする。しかし私たちは徒らに百科全書的な知識のジレッタントを作ることを目的とせず、あくまで祖国の文化に秩序と再建への道を示し、この文庫を角川書店の栄ある事業として、今後永久に継続発展せしめ、学芸と教養との殿堂として大成せんことを期したい。多くの読書子の愛情ある忠言と支持とによって、この希望と抱負とを完遂せしめられんことを願う。

一九四九年五月三日